U0060293

蓮花再生的臺灣精神

林央敏的族群‧地方‧宗教書寫

楊雅儒／著

目次

導　言

一個睏地圖，毋咁嫌臺灣的作家林央敏

1980 年代以降，出身嘉義太保水牛厝的射手座林央敏先生（1955.12.19 ～）在文壇崛起，較他稍年長五歲同世代作家有出自雲林，寫過《筍農林金樹》、《大學女生莊南安》的林雙不，而與他年齡相近的宋澤萊、李昂、向陽等，在臺灣文學座標上均屬於關切土地人文、臺灣文化，以犀利的小說或詩歌揭櫫時代特色與社會問題的創作者。

林央敏初以〈第一封信〉（1982）受注目而正式進入文壇，1984 年出版第一本詩集《睡地圖的人》，當時作品以浪漫唯美的詩歌居多，明顯帶有古典詩詞影響之跡，相信讀者多半對他這些詩句風格已經比較陌生：「你已活自上古中古，也活在今朝明日，銀河有你，愛琴海有你，洛水和華清池的波上　你立過，從魏宮唐宮走到民國的青溪。」（〈望荷〉）「太子丹在老遠老遠醞釀著，燕國到民國／一個憤怒，是國族的脾氣／哼呵一欠，生命千萬……」（〈風蕭蕭兮〉）不過，同一本詩集，仍然可見作者內在的「叛逆」之聲，以及試圖與社會日常接軌，舉凡：〈自由〉、〈夜市〉、〈街頭〉、〈珍味〉等。

後來其新詩、散文、劇本、小說相繼出版：《第一封信》（1985）、《霧夜的燈塔》（1986）、《不該遺忘的故事》（1986）、《惜別的海岸》（1987）、《大統領千秋》（1988）、《胭脂淚》（2002）、《寶島歌王葉啟田人生實錄》（2002）、《陰陽世間》（2004）、《希望的世紀》（2005）、《蔣總統萬歲了》（2005）、《斷悲腸》（2009）、《菩提相思經》（2011）。

他來不及趕上 1977 年到 1978 年鄉土文學論戰席捲臺灣的風浪，直到美麗島事件後，聽著美國之音播放「時事經緯」節目，讀了「風雨之聲」的小冊子，才開始關心民主政治、人權議題，後來他寫了不少激切的評論，誠如：《臺灣民族的出路》（1988）、《臺灣人的蓮花再生》（1988），也關切臺語文的教育、書寫，撰寫了《臺語文化釘根書》（1997）、《臺語小說史及作品總評》（2012）等。他大量投入臺語文創作應是 1987 年左右，令人印象鮮明的是其〈毋通嫌臺灣〉[1]：

---

1 該詩版本引自林央敏主編，《桃園文學百年選》（新北：遠景，2021），頁 410。

咱若愛祖先
請你毋通嫌臺灣
土地雖然有較隘
阿爸的汗，阿母的血
沃落鄉土滿四界

咱若愛囝孫
請你毋通嫌臺灣
也有田園也有山
果籽的甜，五穀的芳
予咱後代食袂空

咱若愛故鄉
請你毋通嫌臺灣
雖然討趁無輕鬆
認真拍拚，前途有望
咱的幸福袂輸人

原為詩歌，後來被譜上不同版本歌曲，因而它也以「歌詞」獲得「新時代心聲」歌詞創作獎的首獎，方耀乾就曾比對過詩歌版與歌謠版的歌詞，詩歌版明顯強調抵抗殖民的意圖。雖然歌詞部分相對柔軟，但解嚴後的 1988 年，這首歌仍一度被禁止播放與歌唱。1987 年，《臺灣新文化》發行至第 11 期（1987.8）時，林央敏先生正式加入成為社務委員，在此前後，他的臺灣意識越來越鮮明，也常發表批評政治的言論，因而被「約談」或作品遭查禁的頻率也增加。舉凡：1984 年曾受調查局安插在教育局的教師思想警察人二室單位約談；1987 年 12 月應其母校輔仁大學草原文學社之邀與「統派」人士辯論兼演講「臺灣意識與中國意識」，但演講前一刻鐘輔大訓導處接獲情治單位指示，禁止他上臺發言；另有評論集《臺灣民族的出路》被查禁……回顧其來時路，這些驚險刺激並未阻止他繼續持筆創作，反而讓他更大量地參與推廣臺語文的活動，擔任過臺語文推展協會會長、《茄苳》臺文月刊社社長、番薯詩社同仁、《臺灣新文學》編委、《臺灣文藝》編委、靜宜大學中文系兼任講師、臺文戰線社長、臺灣筆會理事、海翁臺語文教育協會常務理事等。

為了讓臺語文書寫更得以實踐，他曾編過《簡明臺語字典》、《ＴＤ臺語電腦字典查閱系統》、《ＴＤ使用手冊》等工具性語言專書與軟體；也主編過《語言文化與民族國家》、《臺語詩一甲子》、《臺語散文一紀年》、《臺語詩一世紀》。此外，由於他 1979 年以降就在桃園生活，因而近年來，響應桃園市政府文化局，他也編選過《桃園文學的前世今生》、《桃園文學百年選》，這肯定也是吃力的工作，因為在網羅桃園出生的作家與真正著眼桃園生活日常的作品之間未必一致，如何揀擇勢必不易。

擔任過特教老師的林央敏，五十歲時毅然退休，雖曾有好友相勸應該為了退休金多待幾年，他卻表示領月退雖然合法，卻是不義的，由此也可見其「性格」。而我初次拜訪林央敏先生，是在 2012 年，當時，我正為了博士論文的撰寫，探討 21 世紀借重宗教修辭譜寫身世認知的臺灣小說，為了《胭脂淚》、《菩提相思經》的書寫問題，前往林央敏先生內壢的住家訪談。一個下午的時間，對於初次見面的我，他很親切地回應我許多問題，結束訪談後，更因擔心我交通不便，特地驅車載我到車站，途中，他又興奮地分享接下來想書寫的篇章。那之後，直到我畢業改寫博士論文為《人之初‧國之史：二十一世紀臺灣小說之宗教修辭與終極關懷》（臺北：翰蘆圖書，2016）出版，都和林央敏先生斷斷續續地保持聯繫，他時常鼓勵我的研究方向，而多年來，我又陸續寫了幾篇與他著作相關的小論文。2021 年，因緣於「2021 閩南文化國際學術研討會—跨境閩南‧文化連結：金門與桃園視角的全球過程與移民記憶」國際研討會，與林央敏先生重逢，在他鼓舞之下，我決定將這幾年的觀察討論集結成這本書。其實，就這本書的篇章主題，無法盡論林央敏的書寫議題，但也大抵能勾勒出他對臺灣歷史文化、政治、族群、宗教、語言的關懷。

這本書定名為《蓮花再生的臺灣精神：林央敏的族群‧地方‧宗教書寫》，除了呼應其曾出版的《臺灣人的蓮花再生》，亦盼標顯出作者在短篇小說、評論、長篇小說的創作如何譜寫臺灣面對的苦難與尋求再生之路，而副標則彰顯本書所關注的幾個向度。

架構上，第一章「臺灣文化民族主義」的文學實踐，討論其短篇小說與評論，改寫自曾發表於《鹽分地帶文學》雙月刊第54期（2014.10）的〈「臺灣文化民族主義」的文學實踐——論林央敏小說藝術與終極關懷〉一文。聚焦於林央敏在文化活動參與、臺語文論述以及短篇創作，討論他自許成為世界公民以前應當追求的自我認同。

第二章「寫予臺灣的浪漫歌詩」，處理林央敏長篇史詩《胭脂淚》怎樣以天上人間、前世今生的架構，從男女主角的愛情勾畫出清國時期至二二八以降的臺灣故事。

第三章「宗教修辭下的二二八敘事——論陳燁《玫瑰船長》與林央敏《菩提相思經》」，本文曾發表於《第18屆臺灣文學家牛津獎暨鍾逸人文學學術研討會論文集》（新北：真理大學，2014），頁159-176。本次集結成書稍事修改，主要觀察林央敏與陳燁同在21世紀問世的書寫二二八之作，一者借鏡佛教修辭，一者挪用基督宗教資源，就二書的書寫策略對照比較。

第四章著重宗教修辭的觀察，「流亡者之歌——論《菩提相思經》與〈無上瑜伽劫〉中佛典轉用與歷史書寫」中關於《菩提相思經》部分，主要取自筆者《人之初・國之史：二十一世紀臺灣小說之宗教修辭與終極關懷》第三章第一節內容，增添近年林央敏續筆發表〈無上瑜伽劫〉的部分，探討其續寫的意義。

第五章「從嘉義到桃園而尖石：林央敏的地方書寫與臺語文實踐」，則發表於「2021 閩南文化國際學術研討會─跨境閩南・文化連結：金門與桃園視角的全球過程與移民記憶」國際研討會，也收錄於《「2021 年閩南文化國際學術研討會」論文集》（金門縣文化局、桃園市政府文化局出版，2022.4）。該文乃從地方空間視角切入，以林央敏的遷徙足跡，觀察其生命經驗與創作的交互影響。

附錄一為曾發表於《臺文戰線》的「臺灣荷馬——林央敏訪談錄」，附錄二則為第五章原附錄表格，如今增補獨立成章，供讀者綜覽參考。

如今，林央敏先生彷彿頑童歡欣地嘗試在新竹尖石深山的隱居生活，盡情體驗深山的各種手作日常，也不時滑回市區參加文友活動，偶爾在臉書上以極短篇分享生活與身心感受、回應時事，如此自在樂活的歲月靜好，或許比起再寫什麼巨作來得更重要。然而，做為臺灣文學研究學者，集結這些篇章成書，總是期盼見證某個世代的作家曾經奮勇、曾經艱辛拓墾、曾經以筆追尋個人救贖、乃至為臺灣寫下故事的精神，林央敏是其一。放眼文壇縱橫，這種緊握手中之筆要見證些什麼、傳承些什麼、開創些什麼的生存之勇氣，往往是我在閱讀臺灣文學作品時，深感可貴、感動之處；對於自己而言，也經由本次集結回顧，發現若干需要修正的論述觀點，故也一併更新。

最後，感謝補助此書出版的火金姑臺語文學基金，促成此因緣的林央敏先生、前衛出版社林文欽社長、以及提供編輯建議的鄭清鴻主編。

2022.5.10 楊雅儒，臺大臺文所國青研究室

第一章

「臺灣文化民族主義」的文學實踐：短篇小說與評論[1]

一、成為世界公民之前

> 人若和土地、國家、民族，整個無法結合，每個人只想活這代，只知要賺比別人更多錢，好用來追求喜樂，若這樣臺灣人整個物化，經濟化了，而自己仍不自覺，這樣是不可能蓮花再生。
>
> ——李衍良、黃佳琪，〈訪林央敏〉[2]

林央敏在臺灣文化、文學界時以臺灣話文的推動、

1　本文曾以〈「臺灣文化民族主義」的文學實踐——論林央敏小說藝術與終極關懷〉發表於《鹽分地帶文學》雙月刊第 54 期（2014.10），頁 208-227。本次收錄時，進行了增補與修改。

2　李衍良、黃佳琪，〈訪林央敏〉，《臺灣新文學 8 本省籍第四代新作家長篇小說專輯下篇》（1997.8 夏季號），頁 43。

詩歌創作、論評及小說書寫被認識，論述他的小說者多聚焦探究其內容隱含的鄉土關懷、歷史與反抗敘事、國族認同、愛情主題，也觸及藝術形式上語言的音樂性、情節結構及文體等層面。撰寫此篇，旨在觀察林央敏的短篇小說與評論，就其反映之「臺灣文化民族主義」精神談起，闡述他長期以來透過小說表達反抗威權與實踐臺灣話文的軌跡，這條軌跡包括藝術手法與書寫內涵的變化，並藉此陳述其終極關懷。以下首先闡明本文以「臺灣文化民族主義」稱之的理由。

蕭阿勤《重構臺灣》認為國族認同變遷的基礎是文化、歷史認同的轉移，他不認為這認同轉移的關鍵時間是 1988 到 2008 年，而將起迄時間往前推了約 10 年：「1980、1990 年代，是臺灣政治與文化『本土化』、『臺灣化』的關鍵時期。就文化的轉變而言，這二十年左右的階段，是臺灣民族主義在文化界傳播發展的高峰。」[3] 當時，臺灣出現不少重要雜誌，其中《臺灣新文化》成立於 1986 年，最初參與出資或編務的成員包括：王世勛、吳晟、李喬、林雙不、宋澤萊、利錦祥、林文欽、高天生、林央敏等，第一期（9 月 1 日發行）即由宋澤萊帶頭寫下〈社會風暴、政治風暴、文藝風暴〉，宣揚帶著筆走上街

3 蕭阿勤，《重構臺灣：當代民族主義的文化政治》（臺北：聯經，2012），頁 3。

頭的理念。而瀏覽第一期刊登的文章，多出自如今看來在臺灣社會、文化、文學界具有重要貢獻的作者之手，如：劉克襄、張恒豪、李筱峰、鍾肇政、向陽等。

該雜誌發行人為王世勛，社長由利錦祥擔任，宋澤萊為總編輯，另重要推手之一林文欽，亦為前衛出版社的社長。因刊物彰顯臺灣意識，遂於戒嚴前後屢遭查禁。據李靜玫研究：

> 《臺灣新文化》主事者除了高天生外，幾乎都是中部雲林、彰化、臺中一帶出身，「強悍」、「叛骨」的人格特質與色彩鮮明的反對意見者，在本土知識圈中自成一格。[4]

且《臺灣新文化》自詡為徹底「自覺、反省、批判、創新、再生」的文化改革先鋒。[5]《臺灣新文化》欲「破」除國民黨教育意識型態下「中國文化＝臺灣文化」的厚「繭」，《新文化》欲建立臺灣文化的「獨立性」、「主體性」，故兩者都積極透過歷史、文學「再現」的方式，

4　李靜玫，《《臺灣文化》、《臺灣新文化》、《新文化》雜誌研究（1986.6～1990.12）：以新文化運動及臺語、政治文學論述為探討主軸》（臺北：國立編譯館，2008），頁65。

5　同前註，頁96。

形塑臺灣文化的共同記憶，以召喚臺灣人的集體意識（臺灣意識），對抗「國民黨版」的中國意識。[6]《臺灣新文化》雜誌除了強調臺灣意識，另在文學、文化、臺灣話文推動，以及二二八事件相關（如：二七部隊）史料研究上，皆有具體貢獻。

而林央敏的臺灣意識，早期可見於他在《臺灣新文化》發表的創作、論述，其〈誰是秦尼斯？一個臺灣留學生的困惑〉即發表於該刊物第三期，於第五期則關注臺語文問題，發表了〈中臺對照散文詩：雷公爁那（臺灣語文）／閃電（中國文）〉。他的觀點逐漸對焦，至《臺灣民族的出路》（1988）則明確強調民族精神，主張臺獨；不過，至《臺語文化釘根書》（1997）則可見他在主張臺灣獨立建國的方向軸上，更聚焦於文化、語言等面向，能夠發掘其理念的實踐方式產生微調，誠如他曾表示：「我若參與建國運動中的教育、語言的改革，可能對建國運動幫助較大……」[7]也曾於接受訪談中說明當初加入建國黨的緣由：「臺灣的政治人物絕大多數攏欠缺文化認知，無語言意識，或閃避語言問題，我不希望臺灣的政治運動、獨立運動、政黨攏只在政治性目標做抗爭，也就是希望今後的政治運動應多追求教育、語言、文化方面的臺灣本土

6　同前註，頁97。

7　林央敏，《臺語文化釘根書》（臺北，前衛，1997），頁204。

化，才加入建國黨。」[8] 由於其自我定位的調整，筆者乃以「臺灣文化民族主義論者」名之。

班納迪克・安德森（Benedict Anderson）《想像的共同體：民族主義的起源與散佈》最著名的觀點是他認為「民族」的概念來自想像，民族被想像成有限的、有主權的一個共同體。[9] 如果民族是經由建構而生，那個建構的重要條件即文化，而所謂「文化民族主義」一詞，據蕭阿勤闡述：文化民族主義者認為，民族認同主要是個意識問題，它的基礎在於將民族獨特的歷史地理所產生的特殊生活方式加以內化，而非僅僅參與當前國家統治下的社會政治過程。因此文化民族主義者經常致力於保存、挖掘、甚至「創造」民族文化的特殊之處，認為這種文化特殊性是民族認同的基礎。[10] 他進一步表示：文化特殊性的論述，重點經常就在揭露某個人群所遭受的特殊迫害，並且謳歌該人群相較於周遭互動之其他人群的不同與獨特性。[11] 雖然文化民族主義者或有此共相，不過，諦視林央敏表述臺灣文化民族主義精神的小說，可發掘他並非僅將文學當作

8　李衍良、黃佳琪，〈訪林央敏〉，《臺灣新文學 8 本省籍第四代新作家長篇小說專輯下篇》，頁 44。

9　班納迪克・安德森（Benedict Anderson）著，吳叡人譯，《想像的共同體：民族主義的起源與散佈》（臺北：時報，2010），頁 40-43。

10　蕭阿勤，《重構臺灣：當代民族主義的文化政治》，頁 55。

11　同前註，頁 63。

「武器」而已，如：《胭脂淚》書寫歷史上的族群衝突與臺灣社會弊端時，故事尾聲預告男女主角的第三世，透過聞覺緣和南無情兩位僧道之口對臺灣提出期待與祝福：「如今看來，暗夜將盡，監禁臺灣心的鎖鏈放綜，封印臺灣魂的符咒失效，王朝色退，民主看頭家，臺灣人漸漸按手叉，相信這粒情卵再度臺灣地，平洋高山花蕊自由紅，到時擱有道友的大願關照，定著是青天做罩，綠地做床，白日金星牽燈結綵⋯⋯」[12] 由此觀之，小說在抗議暴政之外，尚有「寬容」態度；在批判之餘，猶寄寓和解的期盼。

於全球化的今日，人類依然多數擁護國族認同，而少數追尋世界主義，不過這些立場抉擇的優劣評價並非本文最關注者；相對地，筆者聚焦的是秉持「臺灣文化民族主義」精神者，其背後的「出發點」與「目的地」相同嗎？以林央敏而論，他曾自述：「對我來講，我要成為一個人，同時也要是一個臺灣人，必須要有這些才會是個健康的世界公民。如果只是個世界公民，那個是空的、沒有根的！」[13] 在這段理想的期許中，成為「臺灣人」應是前提，方可能成為世界公民；因此本文旨在觀察林央敏早

---

12 林央敏，《胭脂淚》（臺南：真平企業，2002），頁 460。後文引自相同出處者，將隨引文標明頁數不另註。

13 參見本書附錄一。

期短篇小說〈上帝之生〉、〈大統領千秋〉、〈陰陽世間〉，與其臺語文相關論述，如何進行相關的實踐？

二、表述「反威權」的幾種寫法

> 如是我聞：只要民族生湠，自由的火煙叨昧滅絕。
>
> ——林央敏《菩提相思經》[14]

「反威權」的態度於林央敏小說，堪稱一條重要主軸，不過，其書寫方式，即藝術手法表現相當多元。早期短篇小說，如：〈上帝之生〉（1982）、〈大統領千秋〉（1987）乃以犀利、諷刺手法展現。〈上帝之生〉隱含「存在主義」思想，但該文聚焦之旨並非探究人的終極存在或上帝存在與否等命題，文本藉由所「疑」之「神」，與「上帝」之眼界，側面批判了威權統治的獨裁者。因而小說表層結構雖是改寫新編《聖經》若干情節、典故，事實上卻充分運用諷刺手法，銜結「上帝」與「獨裁者」的共通形象。該文建構的上帝形象，包括：（一）思慮不縝密（如：造亞當夏娃時的隨興、經常因為熟睡而忘聞蒼生

14　林央敏《菩提相思經》（臺北：草根，2011），頁45。後文引自相同出處者，將隨引文標明頁數不另註。

之苦等）；（二）因為人類不安分，祂決定一舉消滅世界，卻又懼怕被黑暗的寂寞吞噬，遂造諾亞方舟，可見其人性化的「私慾」；（三）獨裁。誠如：不准人類有異心，崇拜其他神祇偶像等。

此外，小說也對「上帝萬能」的說法提出質疑，如：一對年輕男女在醫院抉擇墮胎與否時，醫生如此表示：

> 「不懂最好，懂了你會更怨憤，我已經為許多女孩解除了恐懼、罪惡感，哈！一直在做著違法的事，像你我現在不是正在違法中嗎？可是有許多事，不違法卻又是錯誤，人的生命每分每秒有多少人死在錯誤的法律和不正確的道德觀念之下。這一切是誰的錯，都是上帝的錯。」[15]

此處寫出人類不啻以上帝為名行使各種罪惡，同時批判上帝若全知全能，也容許或造就了錯誤的存在，甚至多處指陳人類（如：哲學家）提出「上帝已死」的想法。這種特寫上帝的獨裁性、私慾面，某種程度與漆木朵筆下的《耶穌之繭》近似，不過，漆木朵更傾向神學的、存在主義的探問，為苦難人民發聲；而林央敏則明顯用以比喻臺

---

15 林央敏，〈上帝之生〉，《大統領千秋》（臺北：前衛，1988），頁250。後文引自相同出處者，將隨引文標明頁數不另註。

灣處境面臨的威權政治。小說進而鋪陳，上帝因為不受人類尊重遂任性地與人類展開「天／人」之戰，準備投胎人間。一番考量過後，他往「中國」前進：

> 現在上帝出生了沒有？或幾歲了？我們並不知道，因為中國只有姓「耶律」的，那是在古代，而且上帝也不再姓「耶」，或許上聲變調的關係音轉成「葉」。（〈上〉，頁 261）

雖然帶有諧謔之意，但此書寫顯然暗示這位獨裁的上帝投胎為中國人，而中國歷來彰顯個人威權的領導者即小說中所要諷刺的殘暴、任性、狂妄之上帝。

〈大統領千秋〉（1988）則為〈蔣總統萬歲了〉（2005）的前身；至於〈大統領出山〉後改題為〈蔣總統要出山〉。〈大統領千秋〉的刊載因明顯指涉「反蔣」論題，遂曾導致《臺灣新文化》第 16 期遭查禁與停刊。兩篇前作與改題之作，基本上情節架構沒有太大異動，不同的是小說指涉對象的鮮明化，如：〈大統領要出山〉描寫「強耕邦大統領」、「大夏民國」；於〈蔣總統要出山〉則改寫為「蔣耕邦大總統」、「大華民國」，明顯標示出諷刺對象。

〈蔣總統萬歲了〉情節乃透過一年輕學子聽聞蔣介石逝世的消息說起，小說以諷刺闡明戒嚴時代沒有人不尊蔣總統為最高領袖，敘事者回憶起學校教師曾帶領他們至中山堂拜壽，老師叮嚀道：

> 「小朋友，不准講話，安靜安靜，在蔣總統的玉照前，每個人要莊嚴肅穆，不可出聲，講話的都不禮貌，等一下不分給他壽桃，蔣總統是我們中華民國的保護神，誰不乖，就會被抓去打。」[16]

這段文字暗示當時臺灣社會對蔣氏的「造神」表現。此外，敘事者對蔣總統過世的消息一直相當震驚，然而相對於他，家裡說著臺灣話、年長的祖父、母親則似乎無感於這樁新聞，更令敘事者困惑的是其表兄竟然在這時刻參與中正廣場的抗議示威，提出民主自由等訴求。最後這群示威者下落如何，敘事者雖不知情，卻見報紙刊出「頑石點頭浪子回頭　一羣流氓痛改前非向　蔣總統銅像懺悔」（〈蔣〉，頁 54）標題，方才引發長期受黨國教育灌輸的敘事者，開啟重新了解國家歷史脈絡的動機。

〈蔣總統要出山〉則描繪蔣經國出殯的排場。蔣介石逝世於 1975 年、蔣經國則過世於 1988 年，雖差距 13 年，然國家首領的「威權性」依然深厚，從小說描摹隆重

16 林央敏，〈蔣總統萬歲了〉，《蔣總統萬歲了》（臺北：草根，2005），頁 9。後文引自相同出處者，將隨引文標明頁數不另註。

的「奉厝」大典足能看出。不過，途中卻發生若干插曲，如：首府女中女學生的愛國文章、國殤期間高中男女學生牽手引發的社會爭議、以及迎靈過程地方民眾「招兵買馬」花錢請人力等事件，均可發掘威權形象的塑造背後隱藏諸多荒謬、虛假卻寫實的社會問題。

另完稿於1987年、刊於1988年的〈自由島〉以寓言／預言方式擬寫2012年的臺灣改以「自由」為名，且以超越統獨為新流行口號，然政府所作所為卻不斷對人民的各種聲音、立場施壓。可見作者書寫年，雖值臺灣解嚴後，對於臺灣的民主言論自由、國族認同仍抱持憂慮。

可相對照的論述見於林央敏《臺灣人的蓮花再生》中〈臺灣新民族文學的誕生〉（1988），該文闡明他所界定的「臺灣民族文學」，應本著臺灣人意識，屬於本土性的臺灣文學，是扎根於臺灣歷史的、文化的、社會的、民眾的文學，是社會寫實主義的文學；精神上則為反抗壓迫的人權文學。循此，作者的反權威表述、臺灣意識等，均明顯表態於小說創作與文化論述。

三、「提倡臺灣話文」的論評與創作實踐

閱讀林央敏早期論述《臺灣人的蓮花再生》（1988）可知，作者嘗試提出創作的終極目標乃拋棄漢字、全面使用羅馬拼音文字；在小說〈陰陽世間〉（1992）則視臺灣

話文為臺灣人的文化根源之一，遂以莫忘本為旨、以宗教性的「恫嚇」做為策略，展開書寫。該文描述男孩「許念中」因被綁架撕票，引發其父親許清城展開一連串自省的情節。許清城是一名曾為國民黨服務的知識分子，他為兒子走訪陰間時，巧逢念中的祖父。念中祖父藉由陰間各項懲處，斥責許清城未曾好好教導孫子許念中講臺語，導致其陰魂可能被分配至「中國場」，在陰間成為真正的「孤兒」，無依無靠。循情節設計，透過男孩「念中」的命名，足能對照許清城的意識形態與身分背景；同時，隱含對國民黨政府語言政策的批判。然而，在提倡臺灣話文、批判當時政府限制臺語的主旨上，有趣的是透過漢人民間信仰包裝情節，想像陰間與陽間相似，亦有民族的分類，按陰魂與審判者的對答語言，分配亡者至不同地域。

循此觀之，人間世俗的國族區分，在陰間依然有別，而區分途徑則通過「語言使用」做為判斷依據，可知作者標榜臺灣話文的語言意識乃至國族意識，高於宗教內蘊的普世性。而類似的寫法也在作者劇本〈還鄉斷悲腸〉呈現，該劇本以陰間亡魂對話為主，描寫陰魂返陽間家鄉看後世子孫時，因為子孫所用的語言已非臺語，形成巨大的疏離、陌生感，致使這些陰魂再也不想返鄉。

《臺語文學運動史論》（1996）以史的脈絡，撰述臺灣話文自 1930 年代以降的發展歷程，並以漢人來臺至日本統治之前為「前中文時期」，日治階段為「日文時期」，戰後則為「後中文時期」。作者認為戰後的臺語文學自1970年代中葉以方言詩萌芽，這階段同時推動「臺語文字化」和「臺語文學理論的建立」。另其「副卷」則有若干筆仗式文章反駁廖咸浩、陳若曦、陳千武等人之語文觀點。綜觀之，該作對臺語文學的界定與爬梳，累積了基礎，裨益於作者於2012年發表的《臺語小說史及作品總評》。

《臺語文化釘根書》（1997）分為「除迷辯正」、「釘根重建」兩卷，前者簡述臺灣在日治時代與戰後的語言政策內容，反駁大福佬沙文主義之說；後者則論臺語的重要性，且力倡臺語文可根治臺灣人民族尊嚴，並表示：「臺文也不是只有漢文的部分，除了漢字以外，尚有羅馬拼音系統，文字是語言的符號記錄，任何語言只要記錄得好，無論用任何符號，記號，攏可形成一套文字，透過教學的程序而標準化。」[17] 綜上可知林央敏對於實踐臺灣話文的觀點，其實經過修正，並非一成不變。

其《胭脂淚》（2002）乃直接以詩性的語言美感，將臺灣話文融入情節，然其文句美感並非一夕造就，於1992年《駛向臺灣の航路》中，已有多首臺語詩作涉及臺灣史，如：〈臺灣奏鳴曲〉、〈慢來の做大史觀〉等。《胭脂淚》的書寫語言屬於「漢羅臺文」，他以臺語書寫

17　林央敏，《臺語文化釘根書》，頁206-207。

歷史事件、愛情，飽含語言美感，如：「天光了後，變做東都明京，政府換姓，國家改名，赤崁樓掛牌承天府，城主的頭毛紅反烏，揆一總督讓位予延平郡王，豆菜芽的羅馬字沉底，封入巴達維亞日記，新主人將漢字燒做磚仔角，鞏成獨立的東寧王朝。」（《胭》，頁 220）他一方面利用固有漢字展現臺語「講話語氣」的語意美感，一方面助於讀者循其拼音方式體會臺語說法，達到保存語音之效。

於 2012 年筆者關於《菩提相思經》語言實踐的訪談中，作者提出更為彈性的說法：「我在 1988 年出版的那本書（《臺灣人的蓮花再生》）是這樣提沒錯，我認為，文字就符號而已，能夠記錄出語言，什麼符號都無所謂，越簡單越好，甚至應該走向拼音化，所以要全面羅馬化也可以，我那時是這樣主張，但不是指立刻，是需要長時間當過渡，即使終極目標是羅馬化，也要慢慢來，最主要是先救臺語啦。如果漢字做得到，用漢字也可以啊！以前受教育的人少，所以教他拼音比較方便，現在大家幾乎都識字，就應該用大家都懂的文字開始，大家都學漢字啊，而臺語也是漢語，用漢字來表達臺語也是比較少麻煩，一般人比較容易接受，所以也是要由漢字開始。我這本書括號裡的算是『注音』，不完全算是羅馬字，刪去也可以。」[18]

---

18 參見本書附錄一。

綜觀《菩提相思經》（2011）的臺灣話文實踐包含三種：其一、情節內容完全以臺語敘事方式呈現，語言富含詩性，如：「秋天目一聶叨去互冬天偃倒，親像山頂的大樹欉，免兩點鐘叨互阮鋸斷。草木若有神經，規座山谷一定哀聲不絕日透暝，日時受傷慘叫，暗時抑佇哀疼……」[19] 無論動詞選用或情境塑造，均具生動的畫面臨場感；其二、情節刻劃知識份子陳漢秋因白色恐怖逃亡，後皈依佛門，成為釋一愁的經過，遂因應情節挑戰譯寫佛經為白話臺語，如：《佛說父母恩重難報經》的節譯改寫：

> 阿難聽了，痛疼像刀佇割心槽，目屎流目屎滴講，世尊，老母的恩情著愛安怎報答？
> 佛祖講，你斟酌聽，我詳細為你解說，娘親十月懷胎有夠艱苦，紅嬰仔置母胎的頭一箇月若像草頂的露珠，早昧保得暗，無定到晝就散形去，第二箇月像麵酥，第三箇月若凝血，到第四箇月才稍可仔有人形……（《菩》，頁 132）

此處因應臺語說話語氣並以露珠、麵酥等具體意象作喻，將母親腹中胎兒的成形敘述得極為鮮明，深具臺語敘

19 林央敏，《菩提相思經》，頁 196。

事的美感；又如他讀《地藏菩薩本願經》，則譯寫某段如下：

> 身軀坐正，念覺華定自在如來，經過一暝一日。洶洶發覺家己來到一个海邊，海水燒滾滾，誠濟種鐵甲包身的惡獸，置水頂飛來走去……擱看著夜叉，箇箇形體無仝……（《菩》，頁 364）

此處寫介於真實與虛幻的場面，相當生動；其三、小說藉由佛陀傳法時相當尊重地方方言的開闊胸襟，對照戰後來臺的僧人不願以臺語傳教的情形，批判國民黨政府的語言政策狹隘。小說以佛陀傳法，反對兩名出身婆羅門貴族意圖統一以梵語傳法之例，闡明「佛以一音演說法，眾生隨類各得解」（《菩》，頁 451）之意，此乃彰顯講求「出世」的佛教為方便教化而「人性化」的包容態度。

與〈陰陽世間〉相同者是，二作均強調尊重族群、語言的「獨特性」；不同的是，〈陰陽世間〉的國族、語言意識優先於宗教的普同性，因而生命輪迴和使用的語言場域緊密結合；然《菩提相思經》則從佛教義理取得線索印證佛家傳法其實尊重各地語言，如此，語言文字僅是方便法門，語言的差異在宗教普世關懷之中，不因也不應因為有別而形成傳道／受法之異。

而作者 2012 年更進一步完成了《臺語小說史及作品

總評》，以宏觀「史」的視角耙梳臺語創作的發展脈絡，作者在該書討論了他對臺語小說書寫的範疇界定，強調作品的敘述部分需以臺語思考寫成，因此若只是人物對話運用臺語則割捨，如：賴和〈鬥鬧熱〉、楊守愚〈顛倒死〉、蔡秋桐〈保正伯〉等，但其實這些作者所處的時代性複雜，在語言運用上想必更具有意識性的思考，若能將這些篇章另外綜合討論，應也可窺見其意義。不過，相對地，該書也注意到民間故事類型的記寫、改寫，如：洪惟仁以阿土伯為筆名發表於《臺灣新文化》的作品。該書區分臺語小說以萌芽期、復育成長期、成熟期做為架構，也敘述了羅馬字宣教小說，並在末兩章略述若干觀點，如：說明優先選擇漢字作品的原因；臺語小說與後殖民性的關係等。

整體而言，循林氏論述與創作軌跡，足見他對臺灣話文的創作實驗精神，亦可察其始終堅持保有臺語文學的信念下，經過微調的彈性書寫方式，也由此，更能發掘其「臺灣文化民族主義」的精神展現。

四、終極關懷猶在「此岸」

從上述討論，可見自林央敏早期短篇創作一路讀來，始終不離兩大宗旨：一是以反權威之姿，企圖建構臺灣歷史、文化的特殊性，無論通過諷刺藝術、寓言性質或以警世型態，乃至發揮宗教情懷，皆彰顯臺灣歷史真相不可埋沒的重要性，進而發掘臺灣人主體性的價值；二是兼用論述、創作、文學史書寫，推倡臺灣話文，可貴的是作者尚仍保持彈性態度「實驗」各種書寫方式，以趨近理想的語言表達方法。林央敏力圖做為一個臺灣文化民族主義者，盡心、盡性、盡意、盡力致身於保存、彰顯臺灣文化的價值，在保存文化的理念之餘，於新世紀長篇小說更重視藝術手法的提昇，印證臺灣話文的可讀性與美感，同時為了促使歷史記憶有超越性的解讀，為了安撫因歷史苦難而受創的心靈，為了讓臺灣人遭遇的困境尋得普世性救贖，他融入佛學哲理，雖然宗教並非其終極關懷，卻也在無心插柳之餘，讓臺灣佛教書寫跨出可觀的一大步。

未來，也許林央敏投射於小說創作的終極關懷將形成變化，然而，目前依然可見其小說的核心關懷尚在世俗、尚在此岸、尚在臺灣文化主體性的證立，至少欣慰的是其出發點雖然相同，但並非佇立原地，秉持著臺灣文化民族主義精神，他在文學書寫與文化行動皆不斷提出新嘗試。

第二章

寫予臺灣的浪漫歌詩：《胭脂淚》

一、詩與史

> 一個對自己都不誠實的詩人必然會遭到歷史的揭穿與唾棄。
>
> ——林央敏〈我的詩路〉[1]

19 歲即立志要為臺灣撰造一部史詩的林央敏，宋澤萊稱他雖有長程的蛻變，但不管是中國意識時期或臺灣意識時期，他的十分之九文學內容大抵都連繫在本土的題材上。又儘管其文學形式變化多端，或詩或散文或書信或小說，甚至文字分成了北京語文和臺灣語文，可是他的主要

1　林央敏，〈我的詩路〉，《駛向臺灣的航路》（臺北：前衛，1995），頁 193。

內容都緊緊地起源於這塊泥土上。[2]而緊繫於斯土今昔的長篇史詩《胭脂淚》果然於 2002 年問世。

放眼歐洲經典性史詩，必不能忽略荷馬《伊利亞德》、《奧德賽》和維吉爾《埃涅阿斯》，《伊利亞德》和《奧德賽》集結了希臘民間數百年口傳的神話傳說、英雄故事，凸顯希臘文化的悲劇意識；《埃涅阿斯》基本上延續《伊利亞德》，記述了羅馬人民族史與羅馬帝國的建構歷程。在這些故事裡，自然有許多勇猛、忠誠、嚮往自由的英雄人物、浪漫情感、彰顯民族性格、人與命運的衝突。就西方文學傳統而言，常見的創世史詩有兩種，一種是敘事天地、人類、萬物的起源，以神話為基本內容；另一種是除了創世神話外，還有寫實記事的內容，包括風俗習慣的形成，宗教信仰之隆重，以及遷徙定居的原因、過程、路線等等。至於英雄史詩的人物形象，則多具神異色彩，有某種超人的本領。[3]

在臺灣，史詩體裁作品可說難得一見。胡民祥〈初探《胭脂淚》及《神曲》的民族國家夢〉就曾以漢字臺語評論《胭脂淚》與但丁《神曲》的神話架構如何支撐民

---

2 宋澤萊，〈論林央敏文學的重要性——繼黃石輝、葉榮鐘之後又一深化臺灣文學的旗手〉，收入林央敏，《陰陽世間》（臺南：開朗雜誌，2004），頁 222-223。

3 陳金海，《史詩世界：英雄的征途》（臺中：莎士比亞文化，2009.2），頁 7-8。

族國家史觀，並對照兩位作家在書寫語言的選用。而林央敏得以用「漢羅臺文」聚集不同形式的詩歌（古典詩詞、南管音樂、七字仔、現代詩、童謠……）於長篇敘事，乃經過長期累積而成。於此之前，他出版過許多詩集：《睡地圖的人》、《駛向臺灣的航路》、《故鄉臺灣的情歌》等，莫渝曾評論其《睡地圖的人》書寫內容總為故鄉所繫，不過語言的運用尚未純熟精練，在創作時意象之間的凝聚力未落實。[4] 而呂美親則分析林央敏的詩作擁有歌謠體的傳承與創新，筆調展現浪漫與寫實的層次，鄉愁與認同等主題，闡述：「詩人總能反抗於現實之中，以詩心憐惜土地，以詩作喚醒臺灣人被麻痺的心靈。」[5] 循此，可發現作者的新詩創作轉變之跡，也由於他對臺語文的深切重視，不僅在文學評論大量闡述語言與臺灣民族、文化精神緊密相繫，也落實於創作。而王明月則特別留意其散文、詩歌、短篇小說展現的人道關懷，包含：關懷貧窮者的〈飢餓〉;〈我不是青蛙人〉、〈縮根偏傳〉傳達對身心障礙者生活照護問題的關心；提醒迷信者的盲點，如〈萬再先仔〉；乃至弱勢的女性，如〈後街人生〉、〈水

4　莫渝，〈頭枕地籍 心懷泥土——我讀林央敏詩集《睡地圖的人》〉，《文訊》第 16 期（1985.2），頁 100-102。

5　呂美親，〈讀「汝」這本冊——我讀林央敏的臺語詩〉，收入林央敏，《希望的世紀》（臺北：前衛，2005），頁 180。

車姑娘〉等。[6]而擴及作者對小人物、鄉土、語言及地方史的重視，他在 2000 年曾以《紅珊瑚的胭脂淚》為寫作計劃獲得國家文化藝術基金會創作補助。至 2002 年完成十三卷，約九千行，十一萬字作品，出版時更名為《胭脂淚》。

二、臺版「紅樓夢」

為什麼稱《胭脂淚》為臺灣版《紅樓夢》呢？主要是本作以史詩體裁撰寫，其敘事框架、人物安排，以及故事隱含的國族寓言，多少有仿擬《紅樓夢》之跡。

首先，《胭脂淚》做為《菩提相思經》前身，其架構擬仿《紅樓夢》的宇宙觀框架。該作從東方道士聞覺緣（一道）、西方和尚南無情（一僧）在天上照顧「情卵」拉開序幕，無疑令人聯想到空空道人、茫茫大士於《紅樓夢》的揭幕作用，提示了賈寶玉、林黛玉的前世今生，並為小說敘事建構了超越世俗的框架。

《胭脂淚》則安排道士聞覺緣投胎為主角陳漢秋恩師陳博能，啟蒙其思想；西方和尚南無情則化身空茫上人，在陳漢秋後來革命失敗逃遁寺院時，點化陳漢秋入道。不

6 王明月，〈林央敏鄉土關懷之研究〉（臺南：臺南大學國語文學系碩士論文，2008），頁 146。

過，相較之下，空茫上人在《胭脂淚》主要做為伏筆，要待《菩提相思經》方才大量發揮角色功能。而《胭脂淚》在〈前塵誌〉先行交代因果，別於《紅樓夢》「頑石、美玉」[7]意象，乃以需要呵護的「情卵」為代表意象。作者描繪嘉義牛稠溪邊，陳文湖與葉玉珊二人殉情，靈魂同時飛上天，「互青青的光芒鍍成黃顏色，互化學變化敨做一粒花胎，直直去，消失在無塵世界」[8]。又賦予浪漫想像，形容準備投胎的靈魂為情卵，遍布九燦天界，而殉情的男女主角是其中兩顆，由於道士聞覺緣與和尚南無情不捨這兩顆情卵營養不良，遂為二者安胎看護，並透過聞覺緣之口前情提要，也預告未來：

> 這粒情卵用生命證明純情，用放棄報答天地父母恩，用血淚引起山河著驚，已經忤逆姻緣天注定，如今，擔這個罪名，元魄抑會凍回轉有情城，算是上天好生之德的致蔭。吥過，蒼天所罰該承受，在劫難逃，懷胎至少六十秋。（《胭》，頁27）

7　張淑香亦曾以王國維之說延展，就頑石、美玉論《紅樓夢》神話架構，認為該書「是一個世紀的畸零者在靈魂被完全撕裂扯碎之餘的沉痛告白，也是一部深悲極憾，奈情無何的懺情錄」。張淑香，《抒情傳統的省思與探索》（臺北：大安，1992），頁223。

8　林央敏，《胭脂淚》（臺南：真平企業，2002），頁23。後文引自相同出處者，將隨引文標明頁數不另註。

復以〈前塵誌〉寫成七字歌，為兩人的過往情緣做一概述，並預告他們第二世情路同樣坎坷，待情胎降落世間後，南無情留下一首〈茫茫之歌〉融入佛家輪迴思想：「大化飛塵一陣風，無死亦無生。心無輪迴，輪迴便成空。」（《胭》，頁 40-41）

其二，人物關係安排上，男女主角擁有前世今生情緣，第二世的兩人彼此互相珍惜，但因為誤解而疏離，男主角陳漢秋雖然女性緣不錯，也曾有不同階段的情感，但後來出家的一段時日所記下的回憶卻充滿「懺情」意味，最後更殉情於女主角葉翠玉墳前，相當程度取經於《紅樓夢》中林黛玉之死、賈寶玉出家，兩人有深刻的前世因緣，但愛情無法圓滿之情節。

其三，在《紅樓夢》裡，賈寶玉需要抗衡的是禮教框架，大家族的種種束縛，乃至該書包藏著廖咸浩強調的國族創傷之隱喻：

> 作為遺民情懷小說的《紅樓夢》正是一部針對明亡之巨大創傷所作的治療之書，也是一部大徹大悟之書。遺民這個受創之人自己有一套以「唯情說」為本的應對策略，但從「偶然說」與「前緣說」的角度觀之，則是「陷溺於執爽」，故遺民可為自己以「藝術創作」自我療癒，而這兩個起源論則可謂皆

> 以治療師自居，只不過各自從近乎相反的角度來「治療」遺民的創痛，也就是提供遺民不同的「再象徵化」的策略。[9]

換言之，廖咸浩視補天為遺民失去完整的天，破洞乃意指其心中的創傷；林央敏也並非純粹要寫愛情，他筆下的情卵儘管有三世情緣，但男女主角的緣分糾結難以圓滿，始終與臺灣的社會有關。作者透過安排主角前世今生承受的苦難是為敘事之表，實際上是便於展現牛稠溪流經的水牛厝這塊地方，如何歷經明鄭時期葉觀美帶著八隻水牛屯田；清國時期葉姓家族的拓墾、械鬥，以及官府對人民的剝削，以至日治時期、戰後二二八等時代政局的轉換與人民面臨的挑戰。而透過天上情卵的想像，似乎也能為大地上的創傷苦難尋求一種療癒。

三、臺灣苦難史

誠如前述，《胭脂淚》的背景先行勾勒出臺灣械鬥史，陳漢秋與葉翠玉的前世分別為陳文湖和葉玉珊，當時二人經歷兩大家族因爭米展開的姓氏械鬥，今生則因家

9　廖咸浩，《紅樓夢的補天之恨：國族寓言與遺民情懷》（臺北：聯經，2017），頁 67。

族仇恨的延續以及日治，於「世俗」層面觀之，兩人愛情無疑是時代社會的犧牲品，如同羅密歐與茱麗葉因家族世仇而生的愛情悲劇。而文本描摹陳文湖、葉玉珊從自身實踐，化解世仇一段深具美感：「靈魂同齊脫離筋骨，親像將兩領汙著世仇的衫褲褪落來。」（《胭》，頁 22）二人以愛做為化解仇恨之動力，亦可與《羅密歐與茱麗葉》比擬。不過，《胭脂淚》除了涉及兩家世仇與愛情篇章，更濃縮臺灣史於嘉南地方的故事發展。

麻魚寮的葉家與月眉潭的陳家在 1832 年產生米糧之爭肇始於官方管制，加之 1832 年苦旱，張丙見機起義，無論哪一族群都加入戰局，其中，麻魚寮的葉家和月眉潭的陳家雙方更為田地惡鬥：

> 牛稠溪灣兩岸的村民，為著沙埔，時常冤家路陋，呩敢夯刀動劍，就武裝嘴舌做拳頭，諍過苦旱，諍過大水，擱愛拚看啥人較早到。南岸麻魚寮的庄尾上蓋偎溪，致麼葉家的鋤頭上快活，透早叨掘平一片草埔，北岸月眉潭的庄頭小可近水，陳家的水牛若甘願流汗，嘛會犁著葉家掘倖的河川地，就安呢，兩庄頭的兩家口，攏置這彎溪埔掘地雷火砲。不時像西瓜藤相葛起紛爭，仝庄相挺就會庄拚庄。（《胭》，頁 346-347）

張丙雖自封大元帥，但軍隊良莠不齊，有些人危害地方安全；官員王得祿則為個人名利，罔顧地方百姓長久生活，硬是破壞地方好風水，當他一死，陳姓與葉氏兩家族放手搏鬥，種下後世子孫無法結善緣的「因」，也釀成兩姓子孫為愛受盡磨難，走上殉情之「果」。整體而言，文中對清國政府的批判可藉這段犀利的文字做為代表：「牛稠溪流著憂愁的歲月，歲月時常置烽火中燒，腊日破糊糊，糊昧成一張好天。有暴政塊吮血，三年官，二年滿，唐山官僚食甲肥贅贅。」（《胭》，頁 49）

1841 年至 1859 年，陳文湖與葉玉珊在先祖葉氏後代永不成親家的誓言下，承受先天的詛咒，兩人只得殉情。而第二世的陳漢秋與葉翠玉同於 1919 年出生，他們經歷日治的成長歲月，年輕時誤解對方無心，直待女方離婚、男方之妻死於二二八亂槍掃射後重聚，卻因葉家先祖誓言、陳漢秋參與鹿窟事件，於是分離。此次分離已不僅是家族反對，更是陳漢秋第一任妻子之死的「家恨」與知識分子內心不平的「國仇」。人民對國民政府的失望可見於這段敘述：「原來唐山過臺灣的祖國，是穿官服的虎將，是幪軍衫的狼兵。臺灣人脫離殖民統治的歡喜，一暝過了攏剝散；映望祖國疼痛的心肝，一年過了起畏寒。」（《胭》，頁 239）

情節以「哪吒」的潛在形象，表現陳漢秋欲投入革命抗爭，為家國犧牲兒女情懷之決心：「時局已經迫漢秋做出決定，伊昧凍跤踏革命的風火輪，擱欲手按愛情的手叉。所以決定保全翠玉的幸福，決定用生命點一葩光明燈，給愛情的火料獻予武裝革命，將祖先建造樂園的映望完成。」（《胭》，頁 414）

然而，陳漢秋革命未成，反而開展逃亡生涯，無法討回公道、失卻愛情又理想幻滅的他唯有逃遁於佛門，藉由《胭脂淚》開章即出現的「一僧」南無情投胎為空茫上人予以指引。但當他 1972 年再返街市，他在這塊土地上的身分早已被戶政事務所消去，又於 1991 年得知葉翠玉過世，主動前往誦經，1992 年他在葉翠玉墳前留下一本手記，也被警方認知為殉情而逝。而筆者認為，雖然陳漢秋在寺院待那麼長的時間，甚至被命名為釋一愁，但他始終並未真正放下他在乎的人事，因而，所謂殉情，應是除了愛情，也或許指向他對這塊土地的愛與失落。

那麼，面對臺灣族群衝突留下的課題，當如何脫離歷史陰影向前行呢？通過史詩宗教修辭，文本尾聲預告著陳／葉二人的第三世，聞覺緣和南無情面對今日臺灣抱持期待與祝福，表示：「如今看來，暗夜將盡，監禁臺灣心的鎖鏈放綜，封印臺灣魂的符咒失效，王朝色退，民主看頭家，臺灣人漸漸按手叉，相信這粒情卵再度臺灣地，平洋高山花蕊自由紅，到時擱有道友的大願關照，定著是青天做罩，綠地做床，白日金星牽燈結綵……」（《胭》，頁 460）更暗示：「但願如此，貧僧盡力還發願。人間甲子年，就在新世紀。」（《胭》，頁 460）臺灣歷史的悲情能否在新世紀找到化解之法？關於過往恩怨，在小說家「講史」建構身世認知時，對種種「因果輪迴」乃提出：「昨日生，明日死，給生準死死做生，生生死死一人生。天地人生宇宙中，是地亦是天。大化飛塵一陣風，無死亦無生。心無輪迴，輪迴便成空。」（《胭》，頁 40-41）此觀點是否與情卵累積的三世情緣互相矛盾，抑或另要提出一種超脫的企望？縱然文本尚未透露主角的來生，卻可觀察小說寫史之筆，充斥凜然正氣，而其史料的豐富性也厚實小說的深廣度；描寫庶民苦難，又洋溢不捨的溫潤情懷；文末，透過僧道之口，傳達對臺灣前景的祝福，足見作者對對土地的熱情。

而作者猶以《胭脂淚》第一世男女主角的生命經歷為底本，另編寫《珊瑚紅淚》三幕歌劇，設計話頭詩、獨唱、合唱等，唱詞往往透過角色互相對應，如：舞臺場景涉及眾人在農田勞動，分別以囝仔、婦女、查埔個別自述取用什麼道具進行何種農作事務，增添畫面動態效果。

概觀之，由短篇而長篇作品，林央敏的諷刺筆法雖仍存在，卻削弱直露的鋒芒，轉而融入詩性、宗教性的寓意，也較細膩處理小人物的曲折命運與思想轉變，將短篇小說知識分子未解的思考、質疑的問題，提出更具體的「出路」。戒嚴前後，其小說大顯諷刺批判，作風大膽，深刻呼應作者年輕時的方剛血氣；於新世紀，其兩部長篇小說藝術更見圓熟，書寫人物心境則較為溫潤、內斂、複雜，或如胡長松所言，作者運用了「高模仿」塑造主角革命與愛情的「悲劇」[10]，加之以宗教之道、世間有情的胸襟看待白色恐怖，遂得以在小說構築的歷史事件背後，更見深沉。而這些書寫主題均為林央敏有意識地做為一個臺灣人嘗試處理的課題：消化地方歷史、展現水牛厝人的精神、建構臺灣主體性、以愛昇華苦難經驗，從而提出希望與祝福。

縱即這樣的史詩，比之於荷馬史詩裡豐富的人物阿基里斯、海倫、特洛伊王子帕里斯、阿伽門農等強烈性格，或盛大繁複的戰爭場面，尚未能全然開展那種壯闊或戲劇性的張力，卻已足見作者的創作企圖，並致力表現了臺灣在地歷史情境，為這塊土地生出的人物性情，以及交織不同文化碰撞之下在此運用的語言藝術！

---

10 胡長松，〈革命、愛情的悲劇與修行〉，收入林央敏，《菩提相思經》（臺北：草根，2011），頁 538-541。

第三章

宗教修辭下的二二八敘事——論陳燁《玫瑰船長》與林央敏《菩提相思經》[1]

一、續寫或重寫？

臺灣省行政長官公署教育處長范壽康於 1946 年演講中，指責「臺胞」受日本奴化教育，認為此乃二二八事件肇因。然對當時臺灣人而言，卻面臨「政風腐敗、特權橫行、經濟壟斷、生產大降、米糧短缺、物價暴漲、失業激增、軍紀敗壞、盜賊猖獗、治安惡化」[2] 等局面。因長官公署懷有臺民被「奴化」的概念，致使遭受日本

1　本文曾發表並收錄於《第 18 屆臺灣文學家牛津獎暨鍾逸人文學學術研討會論文集》（新北：真理大學，2014），頁 159-176。本次收錄時，進行了增補與修改。

2　李筱峰編著，《唐山過臺灣：228 事件前後中國知識份子的見證》（臺北：日創社，2006），頁 2。

侵華傷害下的國民黨得以在臺移情發洩，相對地，臺灣人卻背負莫名的「原罪」傷害。而自 20 世紀以來，隨著二二八史料日益增加，小說家時常一手借重史料資源、一手針對歷史罅隙，想像並填補事件過程的眾生相，相關作品豐富。

阿萊達・阿斯曼（Aleida Assmann）與揚・阿斯曼（Jan Assmann）伉儷嘗於〈昨日重現——媒體與社會記憶〉引布爾克的話道：「歷史是由勝利者撰寫的。同樣也可以說：歷史是被勝利者遺忘的。勝利者可以遺忘歷史，但戰敗者卻不甘心失敗，像被詛咒了似的，不斷地回憶，眼前一再重現歷史，想著它本應該是另一個樣子的。」[3] 其實，各種形式的「壓迫者」與「受創者」之間亦然。小說別於官方歷史，較傾向關心受創者的苦難，因而二二八記憶不斷被重寫，且其取徑持續變化中，或者塑寫英雄悲劇、抗爭敘事，或者著墨族群衝突，雜揉情慾糾結等情節；至於援引「宗教修辭」詮釋二二八事件者，雖屬少數，卻另闢蹊徑。

關於修辭學（rhetoric），拉丁文 rhetorike，亞里斯多德（Aristotélēs, 384-322BC）在《修辭學》中，認為修辭術

3 阿萊達・阿斯曼（Aleida Assmann）、揚・阿斯曼（Jan Assmann）著，陳玲玲譯，〈昨日重現——媒體與社會記憶〉，收入馮亞琳、〔德〕埃爾（Erll, A.）主編，余傳玲等譯，《文化記憶理論讀本》（北京：北京大學，2012），頁 29。

為論辯術的應對物。因為二者都論證那種在一定程度上是人人都能認識的事理，並且人人都使用這兩種藝術[4]——這是一種演講技巧。而修辭術目的旨在使演說內容得以說服對方，而使人信服則需要三種品質：見識、美德和好意。[5]然而，「修辭」的美學性與道德理念之分合，也成為西方修辭學長期以來的論辯。而從「宗教修辭」面向思索，不免令人聯想到西方中世紀的佈道、信件寫作和教育，溫科學認為這始自奧古斯丁（St. Augustine, 354-430 A.D.），其取經於西塞羅，認為牧師應當有能力去教育人、愉悅人、感動人，要達到基督教的這個目的，就必須注意表達效果。[6]

至於美國修辭學家肯尼斯・柏克（Kenneth Burke, 1897-1993）的《宗教修辭學》（The Rhetoric of Religion），則說明人類善用象徵符號，以修辭引發行動，並促成他人採取行動。以《聖經》為例，它以諷刺法則的深刻且漂亮的獻祭情操為例，教導我們悲劇永遠在較遠而可見的海面，讓我們在神聖而莊嚴的喜劇精神中，聆聽其教訓。[7]因此，

4　亞里斯多德著，羅念生譯，《修辭學》（上海：上海人民，2005），頁19。

5　同前註，頁76。

6　溫科學，《當代西方修辭學理論導讀》（臺北：書林，2010），頁24。

7　Kenneth Burke（1897-1993），"*The Rhetoric of Religion*", University of California Press, Berkley and Angeles, 1970, p.235.

基本上柏克認為：「哪裡有勸說，哪裡就有修辭，哪裡存在『意義』，哪裡就有『勸說』。」[8]

上述修辭的意義均隱含說者／作者與讀者的互動，就20世紀作品觀察，葉石濤以日語寫於1944年，直至1949年發表於《橋》副刊之〈三月的媽祖〉（陳顯庭漢譯），該文普遍被認知為書寫二二八事件背景之作，從青年律夫因革命失敗的逃亡說起，串起他生命中的三位女性，最後一位是搭救他的陌生農婦，故事框架遂由「死裡」獲得「重生」，透過由死而生的修辭，正標顯了媽祖的守護象徵；蕭麗紅《白水湖春夢》則藉由描寫密勒日巴童年喪父，遭親人遺棄，在學會咒術後因無法復仇反而傷及無辜，從而悟道，感恩傷害他的人，用以隱喻歷史創傷與因果的關連，試解臺灣人的創痛；宋澤萊《血色蝙蝠降臨的城市》則以蝙蝠降臨作喻，描繪二二八事件與臺灣史上發生其他集體傷亡時，均因邪靈導致，小說藉此嘲諷政權的邪惡性。循此，上述三篇小說分別證立了復活重生、和解放下、神魔正邪對戰的宗教修辭。

至於，新世紀以「宗教修辭」提出對二二八事件觀點者，可特別觀察兩部長篇：一是陳燁（陳春秀，1959-2012，臺南）《玫瑰船長》（2007）；一是林央敏

8　溫科學，《當代西方修辭學理論導讀》，頁177。

（1955～，嘉義）《菩提相思經》（2011）。[9] 這兩部小說涉及較多篇幅與二二八乃至白色恐怖相關的情節，特別的是它們不僅以宗教做為時代背景或穿插若干元素而已，而是透過宗教修辭，詮解、定位二二八。陳燁採用基督教資源，林央敏挪用佛教義理，雖然宗教類型不同，卻個別成為小說人物的重要依託。又，二作均隱含「懺悔」命題，然其懺悔的意識、立意和小說人物的做法不盡相同，值得探究。

此外，在兩部長篇之前，兩位作者皆曾書寫二二八，《玫瑰船長》前有《泥河》（1989），陳燁曾於1995年表示：「歐洲回來後，我便不想再寫『二二八』、白色恐怖之類的題材，這些對我而言，已經告一段落了。或許我需要再等更長的時間，十年或二十年，再重新從整個臺灣史的立場，來看此一事件。」[10] 但2002年《泥河》改編為《烈愛真華》，且其人物、相關情節又出現於後來的「封印赤城」系列，尤其《有影》（2007）若干片段與《玫瑰

9　筆者博士論文《身世認知與宗教修辭：新世紀臺灣小說的終極關懷》（桃園：中央大學中文系，2013）討論對象包含林央敏與陳燁的作品，不過當時並未特別從二二八事件書寫針對二者比較討論，也未著重該論題涉及其前後作品的對照。故藉第18屆臺灣文學家牛津獎暨鍾逸人文學學術研討會，重新聚焦探討。又，林央敏出生年雖早於陳燁，但本文乃以其小說出版年做為論述之序。

10　許素蘭，〈公無渡河，公竟渡河——與陳燁談《泥河三部曲》〉，《文學與心靈對話》（臺南：臺南市立文化中心，1995），頁154。

船長》，皆可視為作者沉澱再出發的成果，這些小說看似獨立，卻有不斷互文或補述的情節，令人不得不好奇作者費時一生思考二二八課題的一條理路究竟如何；而《菩提相思經》前有《胭脂淚》（2002），《菩提相思經》乃為交代《胭脂淚》男主角逃亡過程的境遇轉折，然形式或內容皆各有其完整性。因而，在兩位作者累經多年沉思過後，對於二二八的敘事重點有何差別，當視之續寫抑或重寫？其中細節，宜納入參照。

下文擬先闡述兩部小說對二二八記憶聚焦的重點，並借重文化記憶與「新歷史主義」（New historicism）的概念分析其如何鋪陳歷史情節，進而想像、勾勒人物面對困境的複雜反應，誠如蒙特洛斯認為新歷史主義強調文學大於歷史，即文學在對歷史加以闡釋的時候，並不要求去恢復歷史的原貌，而是解釋歷史「應該」和「怎樣」，揭示歷史中最隱祕的矛盾，從而使其經濟和政治的目的彰顯出來。[11] 其次，將從小說藉由宗教命題「懺悔」延展出的宗教修辭，論其情節架構與書寫策略；最後，探討當宗教資源與修辭入題，是否為小說人物帶來救贖？

11 王岳川，《後殖民主義與新歷史主義文論》（山東：山東教育，1999），頁183。

二、同為「記憶之書」

> 「五十年過去／祖國位夢中跳出來／原來祖國是一隻猛獸／重重窒斷美麗島的龍骨／官是虎　食錢坉腹肚／兵是狼　搶劫操戰術／枵餓的祖國嘴礁吮血／吮礁臺灣人的骨髓……」
>
> ——林央敏〈徛置二二八紀念碑前〉（2000）[12]

「新歷史主義」核心觀點為：「人們對世界的認識和把握離不開他們身處時代的知識編碼。」[13]於是，從「歷史」到「歷史修撰」，其中一個關鍵的變化就是「歷史」的文本性被凸出了。原先那個被人複述的「唯一的故事」，變成了其中的「某一個故事」；原先那個被大寫的、單數的「歷史」（history），現在被眾多小寫的、複數的「歷史」（histories）取代了。[14]不再採用單一視角敘述歷史事件，而透過相異身分與多元立場觀視歷史事件所闡述、拼貼的記憶，就呈現了多種版本，因而彰顯「個體

12　林央敏，〈徛置二二八紀念碑前〉，《希望的世紀》（臺北，前衛，2005），頁50。

13　陳榕，〈新歷史主義〉，收入趙一凡等主編，《西方文論關鍵詞》（北京：外語教學與研究出版社，2006），頁671-672。

14　盛寧，《新歷史主義》（臺北，揚智，1995），頁94。

記憶」的表現手法不可忽視，這樣的書寫格局在陳燁《玫瑰船長》特別能窺見；而掌握學界不斷出土的二二八資料與鹿窟武裝事件、白色恐怖調查成果的林央敏，則深入刻畫一位知識青年起身反抗，逃亡過程倖存所見證、記錄下的歷史，雖然旨在表現二二八受害者的經歷與心境，卻挑選諸多歷史教科書上不易見的人物事件填實了這樁「集體記憶」。

首先由陳燁出版於解嚴後的《泥河》說起，該書要角包括：二二八遇害而行蹤不明的林炳國，對家庭不負責的林炳家，女主角城真華，努力當上校長、嘗試了解二二八真相的林炳城，以及林炳家與城真華的三名兒女。

故事框架包含三部曲（〈霧濃河岸〉、〈泥河〉、〈明日在大河彼岸〉），從戰後這一代孩子（林正森、林正焱、林正瑤）的故事說起，穿插其母城真華、其父林炳家的年輕往事，從而交織整個林氏家族的糾結與衝突，小說特別刻劃城真華與子女間的誤解，他們的情緒幾乎是高漲卻壓抑的，多處在崩潰邊緣。這些糾結除了家族成員之間情感失衡，也隱蘊政治迫害帶來的禁忌。

小說描摹二二八，不免涉及經典場景，描摹政府軍隊與民眾的對立，以及從北延燒到高雄的屠殺；亦描繪有志青年因國民政府官員貪腐，內心從熱情期待轉為憤怒失望：

「他們牽親引戚，妻舅細姨堂表通通有官做，臺灣人反倒被踢出去吃牛屎，喝西北風。那隻陳豬仔所主持的『行政長官公署』，不就是另一個『總督府』嗎？」

「對啊，那些阿山仔成立的『專賣局』，什麼都要管制，臺灣人吃不到臺灣島盛產的米和糖，連買也買不到——物價一日三市，那些阿山仔卻每晚花天酒地！」[15]

二二八事件後，在一片死亡陰影中，政府傳出國防部白崇禧來臺視察的訊息：「沒事了。他們都這樣說；白崇禧將軍來了，一切平靜了。南京答應臺灣將有省主席了，大家不再受人輕視了。許多人都非常興奮，消息傳得很快。」（《泥》，頁 116）據 1947 年 3 月 19 日《臺灣新生報》報導，白崇禧來臺宣達廣播詞，表示「頃望全臺同胞尊重法紀，迅速恢復社會秩序」[16] 等言；不過，官方致詞下的另一種事實面貌呢？小說刻畫銀釵、林炳城與城真華遍尋不著林炳國，反而在家宅遭特務攻擊，他們不分男

---

15 陳燁，《泥河》（臺北：自立晚報，1989），頁 339。後文引自相同出處者，將隨引文標明頁數不另註。

16 相關全文可見林元輝編註，《二二八事件臺灣本地新聞史料彙編》（臺北：二二八基金會，2009），頁 229-232。

女均受兇蠻的暴力傷害。至於林家二房的男性呢？

> 後來，她才知道，那一天黃昏的時候，炳國的爹親林德鵬，她自小喚的德叔，被四個探員請去「談話」，原因是他以地方仕紳身份，被邀參加「二二八事件處理委員會」；一個多月後，林德鵬被判「親日漢奸」罪名，罪證是他曾被日政當局御用出任「皇民奉公會」的委員。（《泥》，頁121）

而林炳國的行蹤，則在下一代的林正焱向叔父林炳城追問中得知：「國兄他——失蹤了吧。二二八事變那時，有個湯先生邀聘他做法律顧問，他們認為臺灣光復卻不設省主席，反而沿襲日本的長官公署，對臺灣同胞存心輕賤；所以，他們想發起設置臺灣省主席的請願運動。後來，事情愈來愈失去控制，許多人不斷地遭到逮捕……國兄他，也是緝捕名單上的一份子——」（《泥》，頁290）誠如二二八歷史的回顧，小說並未循序漸進描繪林炳國發生的經歷，而是透過親人與後輩調查，方能稍加拼湊其消失緣由。如此敘寫，亦彰顯二二八事件與後續的白色恐怖直至解嚴後甫被重新認識與理解。

至於《烈愛真華》（2002）則搬演為電視劇，改寫版以〈真華姑娘〉為楔子，第一章〈霧濃河岸〉、第二章

〈泥河〉、第三章〈彼岸的麗景〉，比起《泥河》，這部小說開章先補述了城真華猶為少女時期，發生的痛苦遭遇和浪漫往事（被養母逼嫁、溜出家門看電影《火燒紅蓮寺》、認識黃媽典、林炳城，乃至她真心喜歡的林炳國），也增補城真華與林正瑤母女之間曾經有一段氣氛和緩的對話，試圖理解彼此各自心事的歷程。

至於林炳國方面，《泥河》中林炳家並未對兒子正森直言之處，在《烈愛真華》則清楚、直接地表示：「你那堂二姑，有三姊弟，大姊金釵，男弟炳國。當年那林炳國，捲入了二二八事變，一去不回。這三十多年來，那銀釵總是不肯相信這是事實。」[17]較之《泥河》，多了一位長輩對孩子親口實證家族成員的遭遇。

《有影》屬「封印赤城」系列之二，該書以林炳家生命故事為軸，涉及二二八事件片段不多，包括透過民間小道消息低聲流傳之語：「就是那個事件，聽說有個女人領導二七部隊，在嘉義機場跟國軍二一師作戰，落荒逃到對岸去當共匪了。後來白將軍來臺灣，把陳儀在臺灣所做的事匯報蔣委員長，然後是陳誠被派來當省主席——」[18]並

17　陳燁，《烈愛真華》（臺北，聯經，2002），頁151。後文引自相同出處者，將隨引文標明頁數不另註。

18　陳燁，《有影》（臺北：遠景，2007），頁136。後文引自相同出處者，將隨引文標明頁數不另註。

提及許多臺灣人無故失蹤，留下親人四處打聽甚而導致精神異常的情形；此外，也談及事件後，隨之而來的白色恐怖（如：戴紅帽）。其中林炳家一心溺於家族對生母的不平待遇，充滿復仇念頭，不斷以「性事」宣洩憤恨，似乎時局從日治轉換到戰後皆與他無關，然而李喬直指核心：「陳燁創造了一個國族意識的局外人，因之不管歷史進程的任何時代事件，主角看似置身事外而其實更深陷疑案核心。」[19] 實際上林炳家的境遇，深受親族或陌生人影響，他怎麼可能做為局外人呢？

《玫瑰船長》則堪稱為陳燁前作所醞釀、所鋪陳的謎題之「解答本」，小說雖以閩人船長陳水龍與其馬卡道之妻艾雅的結合與分離為情節主線，然而透過艾雅的生命變化，側寫了二二八直接間接促成之傷害，同時，陳燁前作中失蹤的林炳國之下落，終於在該書水落石出。《玫瑰船長》為高雄市政府文化局 2006 年高雄文學創作獎助計畫的得獎作，遂可見其場景與「旗津」一帶緊密結合，該書亦同時聚焦譜寫賽德克、馬卡道、閩人、外省等族群的認同課題。

小說開章透過林炳家之口敘事，他因從監獄出來，抵達旗津，意外遇到艾雅，因長相近似被誤認為艾雅丈夫陳

---

19 李喬，〈序：真正有影〉，收入陳燁，《有影》，頁 7。

水龍，他又無處可去，遂陪演這齣戲，直到艾雅過世，記錄下這段回憶。

關於二二八部分，可分三點闡述：其一，屬「記錄」性質的畫面描寫，小說譜寫艾雅懷孕待產期間正值二二八事件發生之際，當時高雄市街發生激烈槍戰，無論愛河、高雄火車站均充斥血腥暴力，「那些中國兵一上岸就掃射不停……」[20]；其二，特寫無辜個案的命運變遷。如：即將分娩的艾雅因為外頭充滿機關槍發射的聲響，她只能躲藏於地下室，導致流產，在昏迷中感覺：

> 我的身體被一把火鋸剖開。
> 咑咑咑！機關槍的子彈全部打進我的肚子，百孔千洞。恍惚中，我看見一個小男孩從港口跑過，被軍艦的錨鍊絆倒，一把帶著刺刀的槍砰砰砰，他倒在血泊中，接著刺刀穿過他瘦小的胸骨。（《玫》，頁 34）

從此，這段因社會動盪混亂而間接導致失去胎兒的記憶成為艾雅的夢魘。然而，就林炳家聽聞艾雅這段記憶之後的反應，則拼貼了另一個角度觀察的戰後初期臺灣，

20　陳燁，《玫瑰船長》（臺北：遠景，2007），頁 35。後文引自相同出處者，將隨引文標明頁數不另註。

他認知的是港口「湧進衣衫襤褸的中國士兵，筋疲力竭，憔悴而骯髒，胡亂躺在碼頭上。」（《玫》，頁 46）以及「當時國民黨和共產黨在大陸打得火熱，誰也沒空管臺灣這塊番薯島。派來接收敗戰日本物資的行政長官陳儀，因為貪污惹起民憤，在一陣混亂事件結束的三月底，聽說被押回大陸，後來以匪諜罪名打掉了。妳阿母發神經把妳和她鎖地下室的那時候，根據收音機廣播：是國軍二一師從高雄港上岸，由彭孟緝司令指揮，要來維護本島治安的。」（《玫》，頁 48）這種相異的記憶認知，誠如阿斯曼所言：「記憶不僅產生於人自身，也產生於人與人之間。它不僅是一種神經或心理學現象，更重要的還是一種社會現象。它在交際和記憶媒介中得以發展，記憶媒介確保這些交際的再次識別性和連續性。」[21] 確實，人的記憶不可能不受他人影響，因而不論小說中哪個角色，所「記得」的儘管是個人生命經驗，卻多少受到社會建構的集體記憶或世俗的評價影響，不知不覺可能「微調」了記憶內容。不過，雖然該段落提供了複數記憶版本，但文本背後對當時國民政府的諷刺批判之意猶仍存在。

其三，解決林炳國失蹤的懸疑。由於艾雅丈夫陳水

---

21 阿萊達．阿斯曼（Aleida Assmann）、揚．阿斯曼（Jan Assmann）著，陳玲玲譯，〈昨日重現——媒體與社會記憶〉，收入馮亞琳、〔德〕埃爾（Erll, A.）主編，余傳玲等譯，《文化記憶理論讀本》，頁 20。

龍與林炳國、黃媽典相識，因而協助他們偷渡出海。黃媽典曾解釋，他們只是組讀書會讀些左翼的書籍卻遭政府為難，而林炳國則說明父親曾送他到東京讀法政，盼他為臺灣人建立法政制度，卻在二二八事件時發生了狀況，包括湯德章律師在內的一干人等均被槍決，他因此展開逃亡之途。而曲折之處在於，陳水龍後因出海捕魚，不幸捲入國共戰役，被迫加入共產黨，在中國歷經文革，甚至另組家庭。直到後來開放觀光，陳水龍乃經由化身為「荒木柄國」的林炳國協助，方能從上海回臺探視艾雅。遂通過陳水龍之口，交代了林炳國當初加入二七部隊潰敗後逃亡，而今輾轉成為三菱株式會社的取締役，從事投資工作。

從《泥河》、《烈愛真華》至《玫瑰船長》，儘管著重向度有別，但顯而易見的是陳燁其實書寫了同一批人，處理家族成員糾結的情感與二二八議題遺留的創傷，可見作者受困於龐大的歷史記憶中，然從三個時間點出版的小說，又可發掘作者觀點持續變化，除了事件細節不斷被增補，並提出集體記憶下矛盾的多重視角，闡述種種荒謬變化，以及為林炳國下落找一個出路外，更包含下一節即將論述的宗教修辭。

而林央敏的《胭脂淚》乃以史詩形式撰成，該書從男女主角陳漢秋與葉翠玉互相殉情，魂魄升天寫起，鋪陳其前世今生的經歷。涉及人間世俗的時空，主要落在嘉南一帶，自 19 世紀漢人開拓與械鬥，至戰後二二八與鹿窟事件發生期間。其中，譜寫二二八事件部分，大抵以第六卷第五節〈二二八血歌〉為重要片段，從國民黨政府接收臺灣寫起，述及爾後的經濟變化（四萬換一元的現象）積累民怨，夾以「臺灣光復歡天喜地、貪官污吏花天酒地、警賊蠻橫無天無地、人民痛苦烏天暗地」[22]等歌謠，循序寫下二二七天馬茶房外林江邁所發生的遭遇，小說特寫民眾對稽查員的不滿，隨之化為反抗的怒火：

> 臺灣人火山爆發，／噴出「肅清食錢」的喝聲，／噴出「消滅阿山」的口號，／噴出「拍倒陳儀公司」的意志，／烈火染紅的埋怨燒做岩漿，／若像革命的血，／熔掉新發佈的戒嚴令，／一路淚對南方去。（《胭》，頁241）

這段文字透過陳漢秋、葉翠玉回顧分開的那些年個別經歷的大小事被講述出來。

倘若說陳燁《玫瑰船長》為前作林炳國的失蹤進行交代；那麼《菩提相思經》異曲同工之妙則特別記錄《胭脂淚》的陳漢秋在逃亡期間的見聞體會。該作爬梳陳漢秋逃亡歷程，除了描繪其情感生活演變與思想頓悟外，亦夾

22 林央敏，《胭脂淚》（臺南：真平企業，2002），頁239。後文引自相同出處者，將隨引文標明頁數不另註。

述眾多歷史真實人物的曲折故事，如：陳智雄、鍾逸人、呂赫若、施儒珍、史明等——或直寫其人，或化為他名描寫。

小說第二品從陳漢秋記憶回溯寫起，他自 1957 年開始流浪，遠因是二二八事件發生後，其妻在北部受國民黨第 21 師官兵掃射臺灣人時的流彈波及，此屬「家仇」，文中多以批判、憤怒的激昂口吻控訴，也陳述臺灣人的失望。

阿斯曼聲稱：「以戰敗者和被鎮壓者為載體的反記憶的動機是統治權利關係的非合法化。它具有政治性，因為同官方回憶一樣，涉及行為主體的合法化以及權利的執行。在這種情況下被選擇並被保存下來的記憶不是為當下提供基礎，而是為未來，也就是說，為了現存的權力關係顛覆以後的當下。與家族史回憶相對的是轉世論回憶。前者著眼於關係的穩定性以及持久性，而後者則強調變動和變化。鎮壓是轉世論思想的導火線之一。在這個框架下，歷史以超越斷層、翻轉及變革為目標。新世界的烏托邦屬於非合法化記憶，就如對古代進行大肆頌揚屬於合法化回憶的雄辯一樣。」[23] 小說特別敘寫陳儀因二二八事件，準

23 阿萊達．阿斯曼（Aleida Assmann）、揚．阿斯曼（Jan Assmann）著，陳玲玲譯，〈昨日重現——媒體與社會記憶〉，收入馮亞琳、〔德〕埃爾（Erll, A.）主編，余傳玲等譯，《文化記憶理論讀本》，頁 30。

備赴任浙江省主席，臨行前訂下感恩節，要小學生樂捐五元、中學生加倍，答謝國民黨軍隊「保護」臺灣人民。當時政府通過四廿六感恩節，試圖合法化二二八事件，然而當這件事被作者寫在小說中，引發讀者對此事背後的不合理產生共鳴時，此即「反記憶」，意圖指出當時政府的非合法化作為。而男主角陳漢秋對此極度不滿：「我實在毋知欲安怎講矣，蔣介石、陳儀、彭孟緝……國民黨阿山仔兵，茲个人煞變做臺灣人的『恩公』，真正天無照甲子，人無照倫理！這个時陣，我就是無法度佮這款恩公共事、更加無法度替這款恩公做事，所以無按正常程序等到學期尾，嘛選擇五月初一這工辭頭路。」[24] 他於是辭去教職。作者對小說人物如此表述心聲與行動反應，無疑透顯對該「節日」背後意義屬「非合法化」的控訴。

流亡的近因，則是為了其社會良知，面對隨後的白色恐怖殺了許多菁英分子，促發陳漢秋加入革命隊伍。小說描繪政府的貪腐，乃以政府口中的「臺灣同胞」與心裡的「臺灣糖包」與以「白蟻食腦」藉口行剝削樟腦之實等時事諷刺之；論及政府的暴政，則舉開元寺住持為例，提及當時證光法師因接待由中國來訪的法師，被以通匪罪名槍

---

24 林央敏，《菩提相思經》（臺北：草根，2011），頁 23。後文引自相同出處者，將隨引文標明頁數不另註。

殺。因而他本欲參加施明光（本名施朝暉，即史明）[25]計畫刺蔣的「臺灣獨立武裝隊」，後因事敗，施明光逃往日本，陳漢秋遂於友人陳朝陽引介下，加入「臺灣人武裝保衛隊」，即鹿窟武裝行動。他自白是為了追求自由並反抗暴政方才加入運動，後來該組織於石碇籌備的鹿窟武裝失敗，他遂銷毀自己在島嶼上的身分，這段描寫回顧了臺灣五〇年代武裝革命、臺共組織與白色恐怖的史實。

另，陳漢秋因流亡到埔里，遂回想起二七部隊當時在埔里的情形：「因為二二八彼時，鍾逸人、黃金島、蔡伯勳、呂煥章茲个人有掣一隊臺灣人青年軍叫做『民主自衛隊』，也叫做『二七部隊』進入埔里，繼續反抗國民黨的暴力進逼，二七部隊誠猛，有接管過臺中市的官衙，得著眛少步銃佮銃籽，……（筆者略）」（《菩》，頁141）對於二七部隊與國民黨軍隊的攻防，頗多細節敘述。

此外，陳漢秋某段時日躲在山洞結識的施學真，即史實上的「施儒珍」，小說描寫他先因抗日獲罪；戰後投入地方公共事務，加入三民主義青年團，卻對政府官員作為感到失望，遂轉傾左翼，參加工委會、讀書會等，不幸被扣上匪諜罪名，不僅有家歸不得，親人多受牽連。而透過

25　文本「施明光」一角指涉為史明，係作者親自說明。

施學真之口，也對鍾逸人、簡吉的事蹟進行增補。

而和尚悟玄來自高雄，其父「陳智雄」乃臺獨運動史上真實人物，小說譜寫其受白色恐怖牽連，因不會講「國語」，他心目中也僅認知「臺語」為「國語」，遂遭到國民黨判刑。

林央敏針對二二八事件之後各地反抗的事例，所舉之例跨越了閩南族群，比較特別的是提及曹族頭目矢多一生（高一生）與波茨坦鍾為湯川一丸（湯守仁）帶領原住民下山協助抗暴聯軍攻打嘉義機場的外省兵一事，又〈訣別情愛赴劫品〉更涉及宗教界的白色恐怖情形：

> 連宗教交流都有危險，比如臺南開元寺主持捌接待一个位中國來拜訪的和尚就被銃殺。往往一个人被掠，伊的朋友就全部受牽連，罪名大約不出「匪諜」、「通匪」、「包庇共匪」、「知匪不報」、「叛亂」、「煽動叛亂」、「意圖顛覆政府」這幾種，橫直罪名隨在恁安，恁用戒嚴做掩護，毋免公開審判就會當給人處死，被揹（sā）[26]去火燒島活禁的人算是較幸運的。（《菩》，頁 25-26）

26　本調 sa，連讀變調 sā。

可見該作參酌的歷史文獻資料相當豐富。而關於鹿窟事件脈絡，小說尚藉主角閱讀《地藏菩薩本願經》體驗入境陰曹地獄一遊，以便達到與歷史人物對話之效，並大略介紹當時組織內部的重要成員，如：呂赫若、劉學坤、蕭塗基、陳本江、林通和……兼述重要基地「光明禪寺」（菜廟）環境，以及陳本江等部分成員的反叛出賣過程，篇幅長達二十多頁。臺灣經過歷史學者努力，已陸續整理並出版「鹿窟事件」相關研究，而《菩提相思經》描摹皈依後的陳漢秋（釋一愁）在陰間與因鹿窟事件身亡的鬼魂對話，除了試圖讓歷史人物現身說法交代目前所知的鹿窟始末，也有意向當時的知識分子致敬。

林央敏從新詩到小說、從《胭脂淚》至《菩提相思經》，隨著文學體裁的承載度之別與歷史文獻大量出土，凝聚大量史料勾連於文本細節，深化內容的厚實感，他寫活了一批悲劇英雄，如：施儒珍等人，也透過掌握具體的歷史資料，「合理化」此記憶。陳燁《玫瑰船長》透過不同人物立場，看似荒謬地拼貼了記憶，實質上卻增加客觀感，也強調對史事的省思；林央敏則強調對昔時反抗者的緬懷，為受害者發出不平之鳴，留下對一個時代、創傷的見證與紀錄。

三、「懺悔」策略的延伸

本節分為兩部分論述，首先，闡述「懺悔」在不同的宗教觀與思想論述中如何被界定；其次，從廣泛性的懺悔定義上，筆者試論兩部小說如何以懺悔做為藝術手法與敘事策略，其目的為何？

追究語源，以佛教觀點視之，「懺」為梵文 Ksama（懺摩）音譯之略，悔乃其意譯，合稱為「懺悔」。意指對人揭露自己過錯，企求包容寬恕，如〈懺悔偈〉：「往昔所造諸惡業，皆由無始貪嗔癡。從身與意之所生，一切我今皆懺悔。」另外，該語彙也是阿拉伯 Taubah 的意譯，音譯「討白」，是伊斯蘭教名詞。[27] 佛教認為人的業力來自前生作為之因果循環，代表性的懺悔經典，祈求解罪消業者，如：《梁皇寶懺》；而從《聖經》來看，因〈創世記〉亞當與夏娃擅食智慧之果，帶來人類的原罪，因此，無論是因為原罪或日常生活發生的過錯，都要經常透過向神父告解、懺悔（confession）的儀式，祈禱獲得救贖。林淑理〈天主教與佛教懺悔思想與實踐之比較初探〉曾論及舊約時期，當災難臨頭或意識到犯錯之後，人們常使用禁食、身披苦衣、哀泣、悲禱、贖罪祭獻或集體懺悔等方

---

27 任繼愈主編，《宗教辭典》下冊（臺北：恩楷，2002），頁 1183。

式，做為悔罪懺悔之表達。[28] 而西方「懺悔文學」代表經典，如：奧古斯丁《懺悔錄》，除了坦然告解並悔悟自己曾犯下的怠惰、情慾沉淪等，更感謝神讓他有懺悔的機會。若以奧古斯丁的懺悔做為一種典範的話，其懺悔包含了真誠自剖、悔悟與感恩上帝。這些懺悔或針對行為上的錯誤，盼能透過修行改善得到救贖，或針對「存在」本身的罪，抑或依循道德價值的追求，加以省思。

至於文學作品如何展現懺悔？劉再復、林崗認為：「懺悔實質上就是內心展開靈魂的對話和人性的衝突。懺悔者一方面堅持自我的原則，行為出於純粹的個人利益或欲望，出於個人的愛好；另一方面良知又在內心把懺悔者從自我迷失中喚醒，使之產生反省和產生對更高心靈原則的領悟。」[29] 又謂：「偉大的懺悔文學，都不是一個簡單的認不認罪的問題，即不像教堂中神與神的中介確認自己的過失問題，而是人的隱蔽的心理過程的充分展開與描寫。」[30] 上述段落重點，傳達了懺悔者可能為了世俗名聲或是為了自我形象渴求原諒而懺悔，也可能有著提升為靈魂層次的省思，盼能洗滌過錯。而懺悔文學的價值不僅是

---

28 林淑理，〈天主教與佛教懺悔思想與實踐之比較初探〉，《新世紀宗教研究》第 12 卷第 3 期（2014.3），頁 79。

29 劉再復、林崗，《罪與文學》（香港：牛津大學出版社，2002），頁 13。

30 同前註。

認罪問題，更重要的是內心曲折的表現。

可以說，通過向人揭示自身過錯，進而表露悔悟之情，試以行動實踐彌補者，乃懺悔的普遍意義。那麼，回頭來看《玫瑰船長》與《菩提相思經》的敘事者，又是犯了什麼罪需要懺悔呢？

值得注意的是，《玫瑰船長》英文書名為「The Authentic Impostor」，意為「可靠的冒充者」，由林炳家自白開章，穿插但丁《神曲》的地獄想像，自述他不願與艾雅共同承擔記憶之罪——即吞噬真相，故而寫下該回憶錄。文學經典《神曲》中的地獄懲處了淫亂、暴食、貪婪、憤怒、信奉異端邪教、施暴、欺詐、背叛等罪惡，那麼，藏騙記憶或宜歸類為「欺詐」之罪吧，由此而生的罪惡感，促成林炳家寫作動機。林炳家除了要否決假扮已久的陳水龍一角，更為了回歸他原先所屬的「家」：

> 我為什麼要與妳共同吞滅秘密呢？終究，我只是過客；妳人生遲來的過客。妳於我，也只是躲避一段尷尬記憶的暫宿。我仍然要回到那座三進落的大宅，回歸府城安海港子孫的紊亂族譜裡。
>
> 昨夜之前，我聽到地獄靈魂的哭嚎或詛咒時，還有些哀憫和猶豫。但想到可能跟妳入地獄，那種焦慮變得越來越難以忍受。終於，我大吼一聲：夠了！我要做回我自己。（《玫》，頁 21）

由情節表層結構觀之，似是林炳家站在「正義」一方，掌握事實真相，要改寫艾雅活在個人世界的虛假記憶；然而，自《玫瑰船長》的書寫策略而言，其開章方式乃近於「代懺」，暗示並批判遺忘歷史且試圖扭曲真實記憶是一樁罪惡。因而，文本儘管有失落的愛情故事，族群間的情誼，貫串首尾者卻是島嶼上人們受大事件影響的種種經歷。不過，小說透過不同角色各自表述記憶，則又充滿複數歷史版本，可見《玫瑰船長》基於意圖還原歷史真相的懺悔心態之上，更有意提出還原歷史真相的難度，於是，拼貼各個角色的「獨家」記憶，成為小說書寫臺灣集體歷史記憶的途徑。

至於《菩提相思經》的懺悔，或可視為另類「懺情錄」的表現。主角陳漢秋從幼時的漢學學養轉受日本教育制度，一生前半將近三十年，於日本統治階段度過，自求學而教書，正待發揮所長時，命運驟轉，先是志願兵制度繼之二二八事件改變了他的生活與價值觀，後來臺北鹿窟革命失敗，讓他展開逃亡之途。

「菩提相思經」之命名，乃以陳漢秋逃亡至皈依佛門，內心沉澱後，所寫下的回憶錄。這部回憶錄既是歷史片斷的見證，同時也是陳漢秋個人生命歷程的回顧。小說無疑大篇幅敘述戰後初期國民黨政府對人民的壓迫及白色恐怖的殘暴，然而，也因漢秋生性靦腆，又心繫家國，生命中錯過幾位重要女子，尤其葉翠玉、林惠貞。在第九品的章節裡，林央敏特別細膩摹寫主角與林惠貞的重逢，兩人透過閱讀、生活點滴，感情不斷升溫，而後陳漢秋寫信表白心跡，表露錯失愛情的遺憾、懺悔：

> 妳回娘家，我們見面時，我滿心歡喜；妳離開後，我耽於相思，享受愛情定注貞妹的無上愜意。罪人我能再見到妳，並且只能偷偷的愛著，我已滿足……。
>
> 我知道如今說這些已太遲，我的愛只能修成空，但如果妳覺得我的愛仍有一點價值或能發揮一些作用，那就請珍惜妳的人生，保重妳的身體，千萬不要被忙碌的生意剝奪妳自己的理想和身子，這是我的衷心期望和祝福！（《菩》，頁 253）

然而，就在二人互訴衷情，決意給予彼此機會時，卻因惠貞車禍死亡，一切幻化虛無。於是，陳漢秋在一度想尋死的情緒折騰過後，決心「皈依」於「情」，寫下「相思經」——此乃以宗教修辭提升世俗情愛的策略。小說後記〈無算品〉提及釋一愁活著時，曾誦唸「波羅密」為《胭脂淚》女主角葉翠玉超渡，並於往生前將此回憶錄置於翠玉墓碑上，胡長松認為此舉可看出其隱含讀者，「亦可說是陳漢秋為葉翠玉、林惠貞二位女主角而寫的懺情經。」[31]——這屬於小說情節結構的懺情。

倘就小說敘事策略來看，《胭脂淚》仿擬《紅樓夢》一僧一道架構，採用東方道士聞覺緣、西方和尚南無情照顧天上情卵切入情節，暗示陳漢秋葉翠玉二人有前世因緣，遂至人間重逢；至《菩提相思經》則又挪用《紅樓夢》懺情精神，並汲取佛典的宇宙觀與緣分聚散，自創「情法輪」，闡述愛情觀，豐富了臺灣二二八事件與五〇年代白色恐怖記憶外的小人物生命故事，同時有意為歷史上這些抗爭的革命英雄——一群捨棄小我與私情而成就大我的人代言，兼具悲壯化小說人物形象與同情／同理彼時代真實人物之效果。

四、宗教做為救贖的可能

在陳燁的系列小說中，運用宗教修辭與資源最豐富者乃《玫瑰船長》屬之，但宗教並未直接成為因二二八而流亡的要角林炳國的支柱，而是受牽連者「杋艾雅」的重要依託。杋艾雅是馬卡道人，嫁予河洛人，象徵臺灣族群融合。其苦難來自二二八，無法就醫分娩，最後流產，當她近乎昏迷時，曾「彷彿聽見竹林許多鳥語聲。大冠鷲展開

31 胡長松，〈革命、愛情的悲劇與修行〉，收入林央敏，《菩提相思經》（臺北：草根，2011），頁562。

像孔雀開屏的長羽毛，好華麗的色彩！乩花在祈雨石上，供奉米穀、酒和檳榔，喃喃祝禱，唱著祈雨祭歌，大家跳祈雨舞，乩花餵我喝下祈雨酒，我變成魚，手像鰭不停划動著。」（《玫》，頁 33）

祈雨是馬卡道族人重要的巫術，如遇久旱，或者耕作時期需要雨水，族人就會在乩花（族語稱 A mu，也就是尪姨）選好日期之後，一同去祈雨。[32] 久旱，期待甘霖的途徑乃透過祈雨祭典，此處艾雅在生理受到巨大創傷當下，腦海卻是部落慶典的華麗色彩、團體祝禱，可見部落儀典的精神某種程度具有療癒功效，提供艾雅身體受創、心理崩潰之際一種精神層次之轉換。

不過，艾雅的苦難從二二八以降就綿延不斷，後來丈夫出海失蹤、公婆過世，她不幸進入娼寮還受到凌虐，這些歷程促成其信仰產生變遷。她年輕時是長老教會信徒，與夫家產生信仰歧異的問題，婆婆認知艾雅與其族人沒有文字，土地被唐山人拐騙去，後在流離中又被「紅毛阿凸仔」牧師洗腦。面對這些質疑，艾雅藉由唱聖詩《我靈鎮靜》撫平內心不安，尤其她丈夫失蹤後，她仍堅信上帝：

我每夜睡前向主禱告一個小時，週日的祈禱比任何

32 劉還月、陳柔森、李易蓉著，《我是不是平埔人 DIY》（臺北：原民文化，2001），頁 226。

> 兄弟姊妹都長久，詩歌唱得比誰都大聲虔誠。可是主，一直沉默。我開始爬上四十公尺的旗后山頂，到白色燈塔那裡，哀求管理員讓我上到塔樓，隔著鐵柵欄往西北眺望海面，希望看到那艘金色的神虎騰躍浪花，奔馳返家。我對著汪洋大海向主禱告，可是主，還是沉默。
>
> 那隔開你和我的，不是此岸與彼岸，不是臺灣海峽。而是主對我的試煉嗎？我不知道。我唯一能做的，只有不停禱告。我相信，主一定會帶你離開迷途，領你回到安歇的家。（《玫》，頁 58）

這份祈禱堅信的態度幾分神似苦難中的「約伯」。一直到她受虐重獲生命後，轉而信仰同為女性的聖母瑪利亞，她喜讀《玫瑰經》，勤上「玫瑰天主堂」。而小說引此「中保」角色似乎為艾雅安排了出路，因玫瑰天主堂是她與冒充夫婿陳水龍的林炳家相遇之地，雖然艾雅與大家都清楚陳水龍是由林炳家假冒，然而，無論是她內心在創傷過後自動建立起防衛機制，抑或其信仰為她生命後半帶來一個名義上的伴侶，至少，艾雅臨終前明確表示自己靈魂已獲修補，也在聖母堂神聖之光下獲得療癒——茲可視為小說提出的「恩典」修辭。對於小說中因家國事件以致命運遷折的靈魂而言，宗教修辭與資源成為重要安頓。

至於林央敏《菩提相思經》對佛教資源的挪用，除了省思大乘佛教與部分佛經不合理的說法外，其主題模式的推展與情節內涵，亦試圖延展佛典義理。如取類似佛典的品類為章節之名：〈觀落陰曹品〉、〈心魔情業破戒品〉、〈補轉法輪品〉等，又於若干章節開頭採「如是我聞」之句起始。其巧思在於結合佛典體裁做為小說架構的另類新創。

就「主題模式」而論，陳漢秋為了家仇與社會理念起身革命，挺身反抗卻慘遭失敗，遂回到小我，談情說愛，然因生命中重要的兩女子皆死，期待幻滅，在面對生命無常與無奈後，決定記下屬於個體與社會集體的回憶，從而皈依佛門，易名「釋一愁」，助其安頓身心。就「情節內涵」而論，《菩提相思經》深受《彌蘭王問經》（或稱《那先比丘經》）影響，如：空茫上人指引陳漢秋以記憶為手段，通過記憶與心念的佛學概念，表示凡事皆因有心惦念方才記得在心。換言之，空茫上人要陳漢秋整理消化個人經歷，透過書寫做為見證，以此放下複雜的心念——這堪稱作者借鏡佛典結合世俗經歷提出的一種「修行」之法。

而對於二二八與鹿窟事件的抗議，作者的書寫深具警世意味，當釋一愁入境陰曹好奇眾鬼魂何以未投胎時，文本假「梁和尚」之口道：

> 阿阮擱留置茲，一方面是欲聽候遐个兇手陽壽若

> 盡，來陰司受審的時做人證，一方面欲看恁殘暴統治的罪業在生無受報應，死後會得著啥麼惡報，啥麼人關入地獄道、啥麼人墜入枵鬼道、啥麼人出世畜生道。阿彌陀佛！（《菩》，頁 392）

佛教義理傾向處理「出世」問題，然而，小說卻假空茫上人之口援引佛教資源，傳達關懷卻坦然自在的觀照態度：「追求自由是眾生天性，嘛是修佛證果的真如實相，究竟自在，阿耨多羅三藐三菩提，無量壽佛。……」（《菩》，頁 54）意味真理應從人間修行實踐做起，並肯定追求生命自由。此外，小說更著重效法「地藏菩薩」的精神，呼應了歷史上類似陳漢秋這類角色的經歷。

五、結語

循前文論述，陳燁與林央敏在不同時期所書寫的二二八，具有哪些精神理念的變遷嗎？相對於他們各自的前作，是一種重寫抑或續寫呢？

當然，就題材而言，二者的書寫均有續寫之跡，不僅延展了對二二八的認識，也隨著歷史文獻增加而豐富了文本的內容。誠如陳燁書寫的《泥河》鋪陳了歷史事件的畫面，至《玫瑰船長》為配合故事背景，則主力於二二八事件發生後，官方屠殺延燒至高雄的情形；然而，就其書寫精神與特色而言，陳燁從《泥河》到《玫瑰船長》，明顯加重了兩種元素：一是歷史的拼貼性，闡明歷史並非單一聲音的表述，且在後者交代了因二二八行蹤不明的林炳國下落。二是這兩部著作同樣關注女性，但《泥河》的城真華悲劇感較深，其一生因二二八事件與愛情飽受折磨，但《玫瑰船長》的机艾雅，雖然命運也相當坎坷，卻擁有宗教做為依託，甚至讓讀者看見女主角自覺獲得療癒——某種程度或許寄寓了陳燁個人歸信天主的生命經驗與期盼，但更值得窺見的是作者賦予小說人物悲劇中得以擁有一絲安慰的機會，此近於「安魂」或者「恩典」的宗教修辭，亦為歷史記憶續寫中最可貴的改寫。而跳開女主角情節，從小說以林炳家口吻「代懺」的書寫策略觀之，也似乎意圖闡明，縱即歷史真相難以完整還原，但正因為如此，更應包容多種立場所見證的歷史。相較於同情弱者與受害者的《泥河》，此乃改寫中特別被置入的新觀點。

至於林央敏的《胭脂淚》對二二八事件雖有來龍去脈的陳述，卻相對簡潔，在《菩提相思經》則有豐富的事件細節，遠因近因的描述，乃至敘述陳儀創立的感恩節及相關歷史人物的經驗。由此增拓細節的材料來看，自然是續寫了作者關心的二二八命題。然而，《胭脂淚》著重的是陳述男女主角因著二二八發生的遭遇，至《菩提相思經》則藉由大量細節，闡發男主角心境感受與起身反抗的原因，同時，拓展了鹿窟事件的始末。從《胭脂淚》至《菩提相思經》也明顯加重兩種內涵：一是對於歷史記憶，雖有應當為受害者討回公道的心聲，並在臺語文書寫藝術、情節內容層面強調「臺灣民族主義精神」，卻也增添了「情」與「慈悲」的層面；二是透過大量宗教修辭與義理，闡述主角以佛門為靈魂安住之依歸，然其皈依並非虛矯生硬地勉強或壓抑復仇心志，而是心繫家國、革命與愛情親情地方之情最後一一幻滅後，臣服於修行。小說盼由一個宗教性的角度來詮釋人間歷練與輪迴，希冀人間的不公不義終將有其因果。雖然《胭脂淚》亦包含和平、包容的期許，然因《菩提相思經》厚實的宗教修辭，成為續寫中深具創意的改寫。

綜觀論之，本文選擇比較 21 世紀以宗教修辭入題的兩部二二八作品，不僅得以窺見陳燁、林央敏處理二二八議題的觀點如何變遷，猶能從兩位作者與二二八課題纏鬥不休，一寫再寫的精神中，理解其面對歷史悲劇的態度，更可發現在悲情控訴、諷刺批判之外，小說如何透過宗教修辭展現集體記憶與文學藝術效果，又如何假借「懺悔」之意，達成隱含諷刺或為歷史人物代陳心跡之策略，此乃新世紀臺灣文學之二二八書寫風貌之一。

第四章

流亡者之歌：論《菩提相思經》與〈無上瑜珈劫〉的佛典轉用與歷史書寫[1]

出身嘉義太保水牛厝的林央敏，出生沒多久即因身體較弱，被虔誠信奉神明的長輩帶至後潭村的恩主公廟（玉泉寺）予恩主公當「契子」。幼年的他常見地藏王廟前有七爺、八爺的踩街，且十分懼怕「矮仔爺」（八爺），但林央敏後來的文學之筆，竟多從民間信仰的資源汲取大量靈感。許多嘉義的傳說，如：「牛將軍廟」之來歷、大士爺的祭拜傳統，皆為林央敏的創作沃土。

林央敏曾自剖：「我在文學、藝術方面是個開放的古典主義者，在政治上算是信仰社會主義的民主派，（由於

1 本章內容主要改寫自筆者《人之初．國之史：21世紀臺灣小說的宗教修辭與終極關懷》（臺北：翰蘆，2016.7）第三章部分內容，今略行修改，並增補對〈無上瑜珈劫〉的討論。

目前臺灣還沒有確定的政治地位，因此在這方面我是主張臺灣獨立的政治信仰者），而在宗教上是個但願有神存在的不可知論者。另外，在哲學思想上，我比較傾向自由主義。」[2] 他在宗教上屬於但願有神的不可知論者，不過，其創作多接地氣傳達在地文化與現實生活，故難免借鏡宗教信仰元素，尤其《菩提相思經》直接以「經」為名，有意與若干佛典對話，並轉用其中思想於歷史事件的書寫。觀其架構，頗有擬仿佛典體裁之跡，其主角因鹿窟武裝事件失敗逃亡，寫下「菩提相思經」記錄逃亡歷程，並援引《彌蘭王問經》、地藏精神，回應其生命經歷，雖其證悟的內容不似赫曼．赫塞（Hermann Hesse）《流浪者之歌》譜寫悉達多最後證悟了道，卻也堪稱另類的、在地的「流

---

2 林央敏並簡釋：1.「開放的古典主義」，是指以古典主義為圭臬，而願吸納其他任何文學流派的主張、做法等等，以創新或豐富古典主義的內涵。也可以說我認為所有文學的新的東西，最後都要能產生規律來加以制約。——文學的、藝術的形式方面，我帶有貴族式的信仰；而在文學的內容方面，我總以批評人生、反映生命，尤其要表現社會底層或受難階級的人生為主。2.「社會主義的民主派」，即指政治或政府的制度是民主的，而政治的目的在實現公平、正義、福利的社會，特別是要關照到底層的、弱勢者的生活。3.「不可知論者」，是不否定也不相信宇宙有神的人，也可以這麼說：是尊重宗教信仰的無神論者。（我記得有 email 一篇我的日記叫「不可知論」給妳），但我是希望浩瀚無邊的宇宙八荒間真有神靈存在。我是因為不知祂有，所以不信；又因為不知祂沒有，所以不否定。目前，宗教的許多東西，我是當做哲學、當做人類的某一類思想或理想在閱讀、在學習、乃至在信仰而已。參考於筆者與作者的通信，2012.3.8。

亡者之歌」。

一、流亡者之懺情錄／路：《菩提相思經》

《菩提相思經》寫法並非接續《胭脂淚》結局，順時序往下推展，而是自《胭脂淚》抽取一節，補白陳漢秋流亡過程之謎。該書的形式擬仿佛經的體裁「品」，撰述二十品，如：〈入道空茫皈依品〉、〈紅塵化緣品〉等，藉此體裁架構由「陳漢秋」走向「釋一愁」的「皈依入道途」。林央敏如此安排，既能在情節結構上，為陳漢秋的流亡過程尋求理想庇護，且能暗示他最後從世間苦難與煩惱找到生命出口。尤其是陳漢秋在流亡期間逢空茫上人指點，遂將其身世記憶、國仇家恨與感情故事記錄成書，闡述出家與思悟的過程，因此，該書亦可視為「另類臺灣民族運動史錄」之書寫。在虛實之筆間，作者以嘉南出身的陳漢秋之眼，省思臺灣族群的課題。

林央敏在〈記憶得失品〉寫道：「菩提種在世間，也在世間證菩提。……不怕苦集，方入滅道。」[3]菩提，乃覺道之意。陳漢秋的經歷，誠如胡長松概述，包括八七水

3　林央敏，《菩提相思經》（臺北：草根，2011），頁15。後文引自相同出處者，將隨引文標明頁數不另註。

災、嘉南大地震等佛家所謂構成生命元素的「地水火風」天災，更歷盡暴政、白色恐怖、血腥鎮壓的人禍，以及愛情挫折，他的生命課題放在臺灣史，具有重大的真實性與象徵性，成為每個臺灣人生命課題重要的啟示。[4] 小說所涉及的「苦難」，下列小節分三個層面論述，最後試由主角年譜論該作如何建構一個知識分子的身世記憶。

(一) 國仇家恨

小說涉及的政治傷害包括：日治晚期臺灣人的南洋當兵經驗、戰後二二八、白色恐怖等。落於實際細節，文本從平埔族番婆庄等部落的溫和善良，反思臺灣人的命運與性格：

> 平埔族這種親切案內人客、接納外人的性格咁是造成平埔族消失的緣故，假使亡族是平埔人的宿命，這落溫和退讓的性格會遺傳，咁講嘛遺傳置臺灣人的命底，若無，是安怎臺灣人的抗暴一代比一代孏（lam）弱去。（《菩》，頁 65）

臺灣人的性格是退讓嗎？而此處組成「臺灣人」的族

4 胡長松，〈革命、愛情的悲劇與修行——《菩提相思經》導讀〉，收入林央敏，《菩提相思經》，頁 540-541。

群是否性格皆相同？也許作者在此並未細緻地區識，卻能窺知其意圖美譽平埔人的熱情，鮮有機心，同時懷抱恨鐵不成鋼的心情。

何以有這麼多無奈，小說無獨有偶（施叔青《三世人》也出現過）以「樟木」意象為喻，表示「如是我說：當然毋是臺灣樟腦變質，是位中國來一批新種白蟻。」（《菩》，頁 17）指陳戰後臺灣人與外省族群的恩怨，始於劣官統理，並批判二二八後，政府假借四廿六感恩節名義，剝削臺灣人民金錢，支援國民黨軍隊等事。且小說中無論是主角陳漢秋，或是左翼分子施學真、和尚悟玄，他們身上均背負關於國族的血債。這些血債對照歷史現實，多為真實人物的經驗改寫，如：託名為施明光的史明、託名為施學真的「施儒珍」，參照史實，施學真則由家人在住屋隔出一道寬約兩尺的假牆長期藏匿其中，可見本作情節所涉的流亡者不僅陳漢秋而已。

陳漢秋之所以踏上流亡之途，初因其妻死於國民黨第 21 師官兵掃射，身為教員的他原先對社會滿懷理想與熱忱，在目睹政權轉換後的政治之惡下，本來決意加入施明光（即史明，本名施朝暉）[5]計畫刺蔣的「臺灣人獨立武裝隊」，後因事敗，施明光逃往日本，陳漢秋遂於友人陳

5　文本「施明光」一角指涉為史明，係作者親自說明。

朝陽引介下，加入「臺灣人武裝保衛隊」，即鹿窟武裝行動。他曾自白是為了追求自由並反抗暴政甫加入運動，不料組織於石碇籌備的鹿窟武裝失敗，他遂長期流亡，銷毀自己在島嶼上的身分。這段情節乃作者有意回顧臺灣五〇年代武裝革命與白色恐怖的史實。

而施學真則先因抗日被判罪，戰後投入地方公共事務，加入三民主義青年團，對政府失望後轉傾左翼，被扣上匪諜罪名；和尚悟玄來自高雄，其父「陳智雄」亦臺獨運動史上真實人物，小說敘寫他受白色恐怖牽連，因不會講「國語」，且一生認知「國語」是「臺語」，而被國民黨判刑。

關於鹿窟事件脈絡，小說藉主角閱讀《地藏菩薩本願經》體驗入境陰曹地獄一遊，以達到與歷史人物對話之效，並略述當時組織內部的重要成員，如：呂赫若、劉學坤、蕭塗基、陳本江、林通和[6]……兼述重要基地「光明禪寺」（菜廟）環境，以及陳本江等部分成員的反叛出賣過程。

經過張炎憲等學者努力，「鹿窟事件」相關研究才

---

6 《菩提相思經》所寫之「林通和」，就一般歷史文獻可見者為「陳通和」，陳本江和陳通和兄弟一化名為老劉、一化名老楊，均該事件要角。相關資料見張炎憲、陳鳳華，《寒村的哭泣：鹿窟事件》（新北市：新北市政府文化局，2000）。然小說本有其虛構與想像空間，並非完全與歷史文獻所記相符，故本節行文乃以小說所設人名為主。

能陸續整理並出版為人所知，而小說描寫釋一愁在陰間與因鹿窟事件身亡的鬼魂對話，除了交代目前所知的鹿窟始末，也有意向當時的知識分子致敬，同時深具警世意味，期勉當下臺灣人應積極調查這段歷史真相，討回公道。故當釋一愁好奇眾鬼魂何以未投胎時，文本假「梁和尚」之口表示：

> 阿阮擱留置茲，一方面是欲聽候遐个兇手陽壽若盡，來陰司受審的時做人證，一方面欲看您殘暴統治的罪業在生無受報應，死後會得著啥麼惡報，啥麼人關入地獄道、啥麼人墜入枵鬼道、啥麼人出世畜生道。阿彌陀佛！（《菩》，頁 392）

歷史可還原到怎樣的程度，有賴長時間各方努力。但佛教義理傾向處理人的「出世」問題，面對社會人權的迫害，小說藉空茫上人之口，傳達關懷卻坦然自在的觀照態度：「追求自由是眾生天性，嘛是修佛證果的真如實相，究竟自在，阿耨多羅三藐三菩提，無量壽佛。……」（《菩》，頁 54）將佛教的「自在」結合追求生命自由之觀點，婉轉表達了立場。

此外，小說闡明禍害並不僅有知識分子面對與承受，連佛教界亦然，如：開元寺住持事件、語言的問題。且由於戰後隨國民黨轉遷來臺的佛教團體以漢語為主要的弘法語言，宋澤萊小說與評論《被背叛的佛陀》就曾對此提出批判，而林央敏《菩提相思經》乃就其臺語文書寫之長，以臺語白話譯寫佛經，在情節中直接翻譯改寫《佛說父母恩重難報經》部分內容：

> 佛祖講，你斟酌聽，我詳細為你解說，娘親十月懷胎有夠艱苦，紅嬰仔置母胎的頭一箇月若像草頂的露珠，早昧保得暗，無定到晝就散形去，第二箇月像麵酥，第三箇月若凝血，到第四箇月才稍可仔有人形……（《菩》，頁 132）

此段充分呼應佛陀講法非以梵語為唯一途徑，乃尊重各地方言的表現，暗諷臺灣的語言政策與佛法傳播方式的偏狹，同時彰顯臺語的藝術美感。而上述政治人為造成的族群對立，乃臺灣人共同面對的苦難之一。

（二）天災地變

災難的書寫亦屬歷史的一部分，因為災難劇變帶來的創傷，自然影響一地人民共有的記憶。關懷鄉土草木的林央敏，回顧臺灣歷史的同時，不忘透過善感的陳漢秋視角，註記因艾倫颱風造成的八七水災。在陳漢秋逃亡躲匿山洞而認識施學真期間，他只能在偏遠的山洞惦念，無法在故鄉、親人身邊共避自然災害，足以想見這對陳漢秋心靈必是一種折磨。

此外，1964年嘉南大地震死傷慘重，尤其陳漢秋親身經歷地震時大自然撼動的力量，也親眼目睹有人幾乎要被倒塌的屋宅壓死，加之震災引發的各地火起，都令他為所生長的土地傷痛。在地震過後，他前往位於臺南後甲埔名為「東寧夢土」的屋厝，東寧或可銜結於明鄭政權在臺南的深耕，但實指「東寧路」，而「夢土」則寓託陳漢秋對人對土地的情感。此為其愛人葉翠玉所住之地，卻遍尋不著其蹤影而擔心焦急——斯為自然災禍觸發的人間苦難。

然而，自然山水亦為啟示來源。師尊點化地震災害「由第一因緣引動，水地風一時離空無依所致，貧僧當時自在如意，觀想地小、水無量，心止氣定，所以後山洞穴安然無恙，只是四面大風吹出漏屎星，害著山跤有情傷亡、厝舍崩壞，真是可憐！」（《菩》，頁328）面對災難，空茫上人對自然變化抱持自在心，但同情生命傷亡則是一種觀照宇宙變遷的態度。此外，陳漢秋的悟道更來自大自然，並連結《妙法蓮華經觀世音菩薩普門品》，師法悉達多太子觀察人間種種苦難後，終於徹悟而決意出家修行。

此外，剃度後的釋一愁跟隨空茫上人在山間聽水聲、歌聲流轉，體悟到生命的因果相連，並談論到經典的禪宗公案「見山是山、見水是水」的課題，又末尾空茫上人摘葉引入水流，向釋一愁暗示未來等筆法，多引禪宗修辭。

（三）愛情劫業

愛情，是革命分子故事必要之元素，失落的愛情，成為陳漢秋遁入紅塵，變成「釋一愁」之推手。陳漢秋的生命共出現四名女性：無名的妻、葉翠玉、林惠貞、李幸珍。這四位女性的角色功能各有重要指涉。

首先，沒有姓名容貌的陳漢秋之妻，在敘事中唯有推動「二二八」情節的功能，因其妻死於二二八鎮壓部隊的掃射波及，引發陳漢秋難以忘懷的「家恨」。也因此切身之痛，造成陳漢秋日後有機會與葉翠玉舊愛重逢，卻也走上武裝革命之途。

至於葉翠玉，乃其一生愧疚且最愛的對象，兩人有前世情緣，雖陳漢秋後因鹿窟革命與其訣別，然《菩提相思經》的主要隱含讀者之一卻是寫給葉翠玉的。至於葉翠玉為求陳漢秋長壽，自願折壽，可知兩人命運緊密相連，因而當陳漢秋 1992 年得知葉翠玉過世，便至其墓前誦經。

另，陳漢秋就讀師範期間，林惠貞學妹的出現，在陳漢秋心中推動了移情作用，不過因誤會而未告白。陳漢秋逃亡期間南下日月潭附近的「水里坑」，於蓮音寺與之重逢，彼時林惠貞雖已婚，但仍給予陳漢秋無數支持，可惜林惠貞車禍驟然過世，兩人本有機會偕老的姻緣終於斷絕。

陳漢秋摯愛的兩名女子分別以葉、林為姓，或許也與作者家族林姓葉姓的入贅淵源有關。然而，無論是否有直接關係，《胭脂淚》的女主角葉翠玉、《菩提相思經》第九品的女主角林惠貞，雖然都不能與陳漢秋終老，卻蘊含濃厚的宗教意蘊：兩段感情在萌發初期，皆因陳漢秋不敢告白或沒有釐清誤解告終，年輕時沒有勇氣付出者，彷彿生命積欠債務，是以當他與兩位女角重逢後的珍惜與自白，則彷彿「償還」之舉。而「皈依」於「情」，更是小說以宗教修辭提升世俗情愛的策略。

若說將世俗愛戀或內心潛在而未完成的情愫往宗教信仰層次昇華，那麼李幸珍一角另具重要功能。小說對該角色著墨不深，她是陳漢秋遠在公學校時期暗戀，卻印象深刻的女孩，她意外出現在陳漢秋修行佛道著了「心魔」之際。〈心魔情業破戒品〉陳述兩人同窗的情誼，轉眼卻成陳漢秋（釋一愁）靜坐修行時關於情的考驗，而對於裸女幻象的干擾，已是釋一愁的陳漢秋，透過《佛說阿含正行經》設法放下「貪愛之心」而有所啟悟。愛別離、得不到的苦難亦陳漢秋的修習課題之一，不過，作者準備好處理陳漢秋這段心魔考驗，已是在多年後完成的〈無上瑜珈劫〉了。

（四）回家之路

主角陳漢秋的「記憶之書」，見證臺灣諸種尚未解決的紛爭，小說一面揭發白色恐怖年代臺灣人承受的創傷，一面通過陳漢秋從苦難歷練通往修道人「釋一愁」的路徑，從武裝、革命型態轉型自我修行、悟道之法，亦可視為新世紀臺灣小說面對族群課題的另一種出口。下據情節為主角「種因果、證菩提」之路整理出一份年譜：

1919	立冬後小雪，陳漢秋出生於嘉義水牛厝。
1926	讀公學校，期間喜歡過李幸珍。
1930	拜漢學老師葉明哲為師，讀《幼學瓊林》、《昔時賢文》等。
1931	此後，再沒見過李幸珍。
1932	與葉翠玉一起自公學校卒業。兩人順利考上初中。
1934	陰曆 11 月中旬，嘉義西堡舉辦王爺公慶典。某日陳漢秋和許紀聰、蘇乾德在古恩宮廟前結拜，並微借酒意，在朋友簇擁下到葉翠玉家，可惜翠玉已睡。
1935	3 月 24 日收到葉翠玉斬斷情意的書信。6 月 1 日再收到翠玉來信，約考完高中再相會。漢秋亦回信卒業日下午見。7 月 22 日寫信給翠玉，並附上詩作〈水鴨之歌〉。進臺北師範。
1937	皇民化政策。
1938	臺北高等師範卒業。
1940	任教於公學校（古亭國校）。
1943	時值昭和 18 年，因太平洋戰爭吃緊，被迫當志願兵。
1946	27 歲，結婚。
1947	二二八事件。3 月 8 日，妻子被國民黨第 21 師官兵掃射而死。6 月，在淡水教會學校教書。

1952	鹿窟武裝事件。
1955	出差高雄，畫廊巧遇初中同窗葉鳳英，因此得知翠玉嫁人與住址，寫信敘舊，並相約見面，才得知翠玉婚後第二年即離婚。
1956	2月，過年期間與翠玉重逢，互送禮物表達情意。
1957	2月寫詩〈相思瘤〉給葉翠玉。4月24日，到府城找翠玉，送定情物珊瑚血給翠玉。4月27日，與革命同志會合。夏天，辭去中學教員，進入鹿窟山基地。秋，寫詩予葉翠玉訣別，因在臺南夜宿，躲過臺北鹿窟事件失敗遭殺之劫。石碇逃亡期間，曾躲於奉保儀尊王之集應廟。11月，寫詩〈避隱荒涼〉。
1958	冬，隱遁於大嵙崁山谷內。
1959	八七水災，從大嵙崁來到竹東山內。並結識左翼分子施學真。
1960	南下日月潭，在水里坑附近，於蓮音寺受慧明、慧定和尚收留，寺中巧遇林惠貞學妹。7月，經林惠貞介紹，隨林班場工作，砍伐木。
1963	12月16日寫一封告白信給惠貞。在羊寮厝一人過年。
1964	1月初，惠貞過世。1月18日嘉南大地震。寫詩〈用情參佛〉，詩末寫：「用情參佛，創作相思經」。並找印心法師說明決意進入空門的想法。經空茫上人建議，12月左右，開始寫下流浪記。同年，寫詩〈光陰詞變奏〉。
1965	約於夏至，完成流浪記。農曆5月15日釋迦涅槃日，剃度，為空茫上人之徒。
1966	春，碧天寺地藏王寶殿正式動土。
1967	臘月，地藏王殿落成。

1970	2月，碧天寺董事會成立。空茫上人講「情法輪」。4月，補「情法輪」於筆記。
1971	暮春，夢見赫曼・赫塞《流浪者之歌》拍成電影。
1972	年初，夢見一隻獅子朝他撲來；2月，寫〈緣在世間〉。下山隱居化緣。
1987	12月寫詩〈相逢不敢相識〉。
1992	往生，死於臺南葉翠玉墓前，在碑上留下《菩提相思經》。

陳漢秋的生命遷徙路徑大抵由嘉南上臺北，在逃亡過程則逐漸南行，最後回歸臺南。雖然設法往南潛逃，某種程度是一條「回家」的路，但多數時候，他的移動無法自由決定前進方向。逃避國民政府以鹿窟武裝事件之名追緝的他，多半只能藏身山洞，不過他並非在洞穴中坐以待斃，反而有機會閱讀同為「逃友」的藏書，陳漢秋脫離的是日常生活與人際倫理的現實，然未脫離他對家國關懷的政治現實。逃亡期間，他也曾有溫柔之鄉，與惠貞重逢，不過當這些地方他都無法再生存下去後，最重要的藏身之處幾乎剩下「寺院」。

雖然戰後臺灣寺院的經濟型態也賴於世俗大眾，不似古代寺院僧人與外隔絕，但仍有「聖／俗」之分，對陳漢秋而言，佛祖淨地正是他獲救之地。革命無望、家破人亡、感情死滅，陳漢秋最後似乎只能選擇皈依佛門，而「佛門」表層做為空間中介，實際上也轉換了陳漢秋的生命，造就「陳漢秋」轉身為「釋一愁」的身分變更。換言之，在世俗臺灣，其身分證早已塗銷；在佛門淨土，卻有他容身之處，此間幽微的空間實踐與身分轉換，值得玩味！

而就現實地理的南部回憶方面，小說描繪了莪社埔，兼述水里坑的開發、集集鐵路、日月潭發電廠等。又當他終於重返嘉義時，濃厚鄉情引發的怯意更明晰地被刻劃出來，除了少年時期同儕、青梅竹馬，還有恩師照顧的回憶。因此，這一條回家之路並不單純地僅指陳漢秋回到嘉南，更指涉其精神上的回歸，即從「陳漢秋」種菩提，轉向證菩提的「釋一愁」，進境宗教神聖的路途，位於臺南關仔嶺的碧天寺正是陳漢秋剃度成為釋一愁的重要地方，遂無論歷史事件、地方史、族群互動，皆為小說闡揚臺灣民族主義的重要元素，同時也藉以提出和平期許。

二、藉佛典思想闡釋記憶／公義／愛情

（一）《彌蘭王問經》之記憶觀點

林央敏創作《菩提相思經》深受《彌蘭王問經》（或稱《那先比丘經》）影響。該經典屬南傳佛教的經典，類似「譬喻文學」，內容包含印度比丘「那先」與當時（西元前二世紀後半葉）西北印度的國王彌蘭陀論難，而使之

皈依佛教的經過。透過那先比丘與彌蘭陀王相互對答，闡明了緣起、無我、業報、輪迴等佛教基本教義，佛典中涉及「記憶」的部分，裨益於林央敏處理歷史、身世認知等看法。

歷史書寫本身即是整理記憶的過程，但新歷史主義者普遍不相信有絕對客觀的歷史。由此觀之，《菩提相思經》透過陳漢秋回憶鹿窟革命等事件，實乃進行或反映文本對於所處時代的知識編碼，經主角剪裁、拼貼而成的記憶，建構一場於《胭脂淚》已揭示的歷史悲劇。

關於記憶的闡釋，彌蘭王曾與那先比丘討論「人有作，皆念耶？」的課題，討論事件的發生是否必然產生記憶。那先認為，過去或當下的事情，皆因「憶念」而有所知，並舉例闡說人會引發憶念的十六件事情。[7]而記憶如何發生，它屬於人的經驗反映或者心理學的範疇？記憶與官能之間的連結又如何？這些思考在《菩提相思經》進一步發揮，透過空茫上人對陳漢秋的指點，他表示凡事皆因

---

7 「人凡有十六事生念：一者，久遠所作，生念；二者，新有所學，生念；三者，若有大事，生念；四者，思善，生念；五者，曾所更苦，生念；六者，自思惟，生念；七者，曾雜所作，生念；八者，教人，生念；九者，象，生念；十者，曾有所忘，生念；十一者，因識，生念；十二者，教計，生念；十三者，負債，生念；十四者，一心，生念；十五者，讀書，生念；十六者，曾有所寄，更見，生念；是為十六事生念。」見吳根友釋譯，《那先比丘經》（臺北：佛光，1997），頁152。

有心惦念方才記得在心，進而要陳漢秋記錄下個人生命經驗。

而《彌蘭王問經》所提出的十六種「生念」的可能，在小說也多所呈現，如：陳漢秋曾經歷的痛苦經驗（逃亡）、讀書、對於同類的悲憫之心（如：震災、族群屠殺）、負債（情債）、某人的寄託（情感對象）等。尤其，這部記憶書的撰寫活動本身正是所謂「象」導致的「生念」，旨在召喚共同經驗再現的記憶，頗能吻合撰史或抒發身世認知論題之旨。若就「歷史書寫」的世俗層次而論，這份紀錄乃交代該書創作動機；然就神聖層次而論，則藉佛教觀點傳遞一種修行方法：

> 記憶得失，菩提種在世間，也在世間證菩提，頭前彼字是種田的種，後壁彼字是證明的證，記憶得失，菩提種在世間，需要跍在世間證菩提，不怕苦集，方入滅道。（《菩》，頁 15）

雖然文字本身可能存在著因文字而生的障蔽，然而，文字卻也是傳道的方便法門，因而，小說安排皈依的陳漢秋（釋一愁）寫下屬於個人／臺灣集體的片段記憶，並非僅世俗的一份紀錄抑或還原歷史任務而已，更屬於一種提升層次的修行，亦即入世修行，將世間經歷的是非、善惡、愛恨、恩怨經驗重新咀嚼、消化、沉澱進而放下，唯有不怕苦諦、集諦的累世業力，方能真正進境涅槃，不再心生無明。——此乃該作透過佛學義理點出的對歷史苦難之詮釋，也或許唯有提供這樣的超越性應對方法，才有安頓主角生命的可能。

（二）佛典內涵的在地化

林央敏在情節中屢屢透過佛典的佛菩薩精神，結合臺灣歷史或社會面臨的困境，或者藉神聖性的精神觀照人間苦難，或者針對佛經思想提出具「在地性」的反思。

陳漢秋（釋一愁）在修行期間，曾從《地藏菩薩本願經》獲得啟發，他認為：

> 一愁認為地藏發願：「若不先度罪苦，令是安樂，得至菩提，我終未願成佛」這種甘願犧牲家己前途，也欲佮受難眾生共苦的精神上偉大，這種就恰若一个人有能力加冠晉祿，追求好名聲、好地位、好生活，毋過看著濟濟的勞苦大眾抑佇遭受壓迫佮剝削，伊甘願無愛升官發財，欲永遠徛置勞苦大眾的立場佮勞苦大眾鬥陣抗爭，一直到苦命百姓出頭天，家己才願意出頭天。釋一愁認為地藏菩薩的這種情操比其他菩薩較偉大……（《菩》，頁 363）

特別留意地藏菩薩的無窮願力，乃因陳漢秋對於島嶼苦難向來具有同理心，同時經由《地藏菩薩本願經》，小說援用「招魂」之修辭重返歷史現場，為鹿窟事件的知識分子抱不平。當主角閱讀《地藏菩薩本願經》後曾入境陰曹地獄一遊，與當時犧牲者對話。在〈鹿窟村存亡錄品〉中可見小說勾勒的地獄「陰陽界」樣貌：

> 來到一踏有暗淡光芒的平地，茲看起來親像一个海邊公園，公園中央有一个大埕，樹跤、埕斗、岸邊攏有鬼魂佇活動，有的愛規簇擠做夥，有的與孤單家己行，這爿的業海並無會咬人食人的怪獸，岸邊擱有渡船頭互鬼魂往來鐵圍山佮海岸公園，金色夜叉佮金翅迦留達做船夫，船夫毋是夯竹篙撐船，是直接給規台船揹咧飛。（《菩》，頁 370）

文本稱此乃陰司府城外面的自由地，給無罪、待審、尊貴的鬼魂自由活動，而後主角得以與鹿窟的革命分子對話——暗示該事件的犧牲者猶待世間還予一個公道，並肯定該事件的革命分子具有高尚靈魂。小說如此譜寫，一方面因為地藏菩薩掌管陰間之事，男主角遂能藉此闡發鹿窟事件的原委與不公不義；一方面取地藏菩薩犧牲精神，呼應小說所關注的勞苦大眾之福利，批判統治階層的剝削。

至於批判佛理之處，包括：陳漢秋質疑《三世因果經》對前世今生的因果論述太疏淺，如：

> 「今生缺嘴為何因？前世吹滅佛前燈」、「今生牛馬為何因？前世欠債不還人」、「今生吊死為何因？前世提索去山林」……，這款因果關係未免太無合情理……（《菩》，頁 128）

由是，他認為此應為某拜佛者所編造，而非佛祖的傳道；另外，他亦批判大乘佛教和尚好行方便門等，誠如假空茫上人之口，批判一般佛教徒偏離小乘只修大乘，乃一步登天之舉：

> 一般的來講，人類該修小乘，天類專修大乘，但有般若智慧的人，用心勤修，莫去偏離小乘法，欲直接做大乘船嘛會當斷貪慾、離瞋恨、除戇痴，歸尾到彼岸，入滅境。上驚是泛泛之輩致著大頭病，未學行叨欲練跳，北傳佛教的弟子誠濟人就是安呢，尤其今仔的廟寺，真濟比丘、比丘尼不解經文道理，干單會曉誦經，擱因為認知不足，去互《維摩詰所說經》、《大方廣圓覺經》、《大乘起信論》茲个經冊的話句影響，致使執著名相錯見，毋知小乘是大乘之本，以為三乘四道分途無仝，煞重視大乘，鄙相小乘，而且好行大乘方便門，想欲一步登天，所唸只是幾本大乘經冊，這種給遠燈看做近

> 火，干單想欲搶目前光的修道，歸尾置這岸，做空夢。（《菩》，頁 354-355）

而〈師尊囑咐品〉雖無典出，但以「預言」形式批判諷刺了臺灣佛教界四位代表人物：

> 末法之世，人間道中，將有敗法奸僧，星點微黯號華雲，思惟不淨稱大覺，非蓮托生妄居佛，渺塔斂財誑拄天，皆是波旬分靈之輩，或為獨夫爪牙，或為假佛外道，其言莫信，其處莫近。（《菩》，頁 528）

整體而言，該書融入佛典菁華，除了盡量用臺語音表達經典內涵，另有獨創性的省思，堪稱新世紀臺灣文學宗教書寫的重要代表。

（三）佛教譬喻文學新創：情法輪

佛教文學有所謂「譬喻文學」，譬喻 Avadana，音譯「阿波陀那」。乃因佛法深奧玄妙，若單純講道，對一般大眾不一定能達到說解效果，因而佛陀常以譬喻說法讓眾生親近佛理，這類經典包括：《百喻經》、《賢愚經》、《雜寶藏經》、《大莊嚴論經》等。而《菩提相思經》擬仿譬喻文學作法，描摹空茫上人講法，談論世俗之人最困擾的情感問題，林央敏融入古典文學的愛情，如：焦仲卿、司馬相如等故事及其對於佛學的理解，撰寫成小說別出心裁的一章：〈菩提相思覺定情品〉，自成一套與宗教修行相關的愛情法門。

空茫上人將人間愛情區分為凡俗、天定、異度等愛戀，情緣的修行法門，乃從多情→深情→定情。佛門雖然強調對眾生有情，但不論世間男女之情，文學創作者填補這個罅隙，深論「感情觀」，並對愛情下宗教上的註解，且信手拈來無處不是古今中外文學經典、神話傳說（如：七世夫妻、陳三五娘、但丁，乃至鹿窟事件主角呂赫若、林雪絨夫妻的故事……），又多有所本（如：孔雀「東南」飛的神話寓意與文學指涉），由於小說特寫情法輪一章，亦得以讓《胭脂淚》的天上人間架構更具體，並將空茫上人對釋一愁提示的「緣盡時」（《菩》，頁 527）再相會之曖昧語意完善交代，且透過釋一愁聽聞空茫上人表述世間感情之法，助於他在情節結構中遭遇的「愛別離」、「求不得」之苦，得以緩解、療癒，並將身世認知、愛情故事提升為人類普世的精神高度。

除了以宗教闡述感情課題，該小說亦深具「懺情」內涵。《紅樓夢》因空空道人抄錄完《石頭記》，從中獲得體悟，遂改名為《情僧錄》；而《菩提相思經》中，由南無情降世的空茫上人，為歷經劫難的陳漢秋取一佛家名號「釋一愁」，要他寫下流浪因果，故釋一愁寫下的「迷／

悟」實可視為另類的「情僧錄」。而其記憶之書，除了記錄鹿窟革命事件與其他白色恐怖案例外，也對主角辜負的情人們表達歉疚之情，故可視之為「懺情錄」。

《菩提相思經》的「懺情」集中於第九品，是主角對林惠貞的感情自白，該章提及：「如是我答：愛妳足遠足遠！像天星，像海裡蚶貝內的真珠。如是我望：若有天堂地獄，我相信；若無天堂地獄，我希望有。」（《菩》，頁 139）由於陳漢秋流亡期間巧逢學妹林惠貞，重逢後，林惠貞給予生活上的照顧。在兩人互訴衷情前，陳漢秋曾因擔心兩人再無見面機會而寫下一封情書，吐訴過去未曾明言的情感。可惜林惠貞意外死亡，令陳漢秋充滿懊悔。於小說後記〈無算品〉提及釋一愁活著時，曾誦唸「波羅密」為《胭脂淚》女主角葉翠玉超渡，另寫《菩提相思經》給予逃亡期間定情的林惠貞，因而可從兩段情節體現其「懺情」內涵，再對應於書末的情法輪部分，足以發掘小說雖以佛經為體裁、以刻劃身世認知、彰顯臺灣民族主義史觀、臺灣話文重要性為軸，然其底蘊卻是以「愛」的神聖性做為出口。

三、魔考通關之於主角與作者的意義：〈無上瑜珈劫〉

作者曾預告《菩提相思經》後尚有續集，不過自

2011 年發表以降，遲遲未見續篇，直待 2018 年 5 月甫以〈無上瑜珈劫〉發表於《鹽分地帶文學》。然而，作者在前兩部小說已明定陳漢秋的生命框架及死亡，既有續筆，作者續寫的是什麼呢？怎樣的續筆，作者方覺交代完善？題名〈無上瑜珈劫〉，乍看之下，作者似乎揀擇了《菩提相思經》陳漢秋（釋一愁）在寺院的生活加以擴寫，呂昱稱之：「林央敏對於陳漢秋這角色跟佛法的多方詮釋，先天上已必然都是要結下不解之緣。而陳漢秋也不可避免地要經由佛法的渡引而找到自我救贖之道，讓他自居『偉大愛情』昇華到一個至高境界。」[8] 從林央敏挑選的段落涉及陳漢秋（釋一愁）面對心魔考驗，確有此意圖無誤。不過，若更仔細比對，〈無上瑜珈劫〉的內容幾乎有八成與《菩提相思經》〈心魔情業破戒品〉情節重疊，那其中差異為何？何以作者要以近乎重寫的方式發表此篇呢？

如果讀者猶記得李幸珍一角的話，她是陳漢秋遠在公學校時期暗戀的女孩，〈心魔情業破戒品〉曾描繪她出現在陳漢秋（釋一愁）修行佛道著了「心魔」的過程，該情節提及釋一愁透過《佛說阿含正行經》設法放下「貪愛之心」而有所啟悟。

8　呂昱，〈林央敏與陳漢秋糾纏二十年的「俱生緣」——試析林央敏的《無上瑜珈劫》〉，《鹽分地帶文學》74 期（2018.5），頁 154。

而〈心魔情業破戒品〉開頭曾寫道：「太空人登陸月球的第二日透早，釋一愁叨互碧天寺一短一長的鐘聲叫起……」（《菩》，頁 413）〈無上瑜珈劫〉的開頭則道：「昨夜，只有一台 14 吋電視機的小山村，有不少村民都來碧天寺與和尚們一起觀看美國太空人登陸月球的實況轉播……」[9] 由此互文開展，此短篇小說一方面特寫悟明下山後，與女尼發生情慾關係被發現，且公開在報刊上，支持寺院的管理委員為此名聲受損感覺難堪，擔憂募款建蓋的工程會受影響，而寺院中人也感蒙羞；另一方面，敘寫釋一愁的意念被牽動，在打坐過程著了幻境。然而，這些劇情其實在《菩提相思經》均已交代。

因而二者較大的差異並非內容的擴增，而在於《菩提相思經》的用字遣詞盡量保留臺語音的呈現，而〈無上瑜珈劫〉則將許多對話的用語轉為一般華文，如：

> 「一愁師兄，透早看你行出廟門，覺是你已經轉去後山矣。」（《菩》，頁 415）

> 「啊，阿彌陀佛，師兄早，在大寮沒看到一愁師兄，以為你已經回去後山了。」（〈無〉，頁 130）

9　林央敏，〈無上瑜珈劫〉，《鹽分地帶文學》74 期（2018.5），頁 129。後文引自相同出處者，將隨引文標明頁數不另註。

類此稍加轉換用字遣詞的例子其實很多。但如果僅只用字遣詞的轉換，作者有需要再拉出此章發表嗎？

回到題名〈無上瑜珈劫〉，作者特意再寫一次釋一愁潛在的意識受到悟明事件的牽動，襯托出釋一愁這份考驗其來有自，反映出他雖身在寺院，但六根尚對過去種種有所省思牽掛，故而他感覺虧欠的對象、愛戀的對象、曾擁有與失落的情感關係、尚未完全整理好的心緒在讀經與靜坐時全盤浮現出來。在《菩提相思經》中，他已整理過參加革命運動、見證臺灣歷史變遷，然而，真正困難的更是這些曾擱置而未消化的感情。

當釋一愁面對自在天女誘惑與戲弄之際，自在天女不斷幻化變身，甚且唱了一首歌：

初春美景好時季　草木林樹當花開，
天女佳麗來相慰　春色紅艷莫辜違。
無上菩提道難成　奉勸回心惜女英，
櫻桃樹跤弄潮聲　軟骨纏綿結核形。
核形粒粒如佛頭　隨身做佛免劫後……

（《菩》，頁 440）

不過，〈無上瑜珈劫〉略加修改為：

初春美景香風吹　草木留情花紛飛。
自在天女來相慰　春色紅艷莫辜違。
櫻桃樹下弄潮聲　軟骨纏綿惜女英。
無上菩提道難成　佛果粒粒如泡影。
何需劫後方成佛　立地燕爾便結果。
合譜情歌共協奏　無上瑜珈世間樂。

（〈無〉，頁 146）

若要揭櫫該篇續筆最大的差異，也許就在此處。〈無上瑜珈劫〉透過歌詞顯然將此心魔的誘惑再放大、再強化，故唱著「何需劫後方成佛　立地燕爾便結果。／合譜情歌共協奏　無上瑜珈世間樂。」然而，就在主角一層一層克服、猶豫、抗拒等過後，總算跨越過去，文末增添了一段前文本所沒有的情節：原來他正在閱讀《佛本行集經》的〈魔怖菩薩品〉。作者特意於多年後再勾勒這段情節，不難察覺他當初對這段書寫有一定的滿意度，也似乎要「幫助」陳漢秋走向釋一愁的過程更加穩實。不過，我們是否能夠認知主角已完成世俗性的集體記憶的記述，因此這段續筆就是要為他自己的身心確立安頓之處，因為走過生命曾擁有與錯過的，也經歷懺情與抗拒誘惑，方能再回到自我生命為主體的時刻呢？倘若再回到《胭脂淚》結局，釋一愁在寺院待到了 1972 年，回到街市，1992 年警方發現他為了殉情甘願餓死，倒在葉翠玉的墓前，他留下的詩句：「佮汝在生昧凍做堆，但願死後會凍成對」[10]——準此，後來的《菩提相思經》也好、〈無上瑜珈劫〉也好，並未能改變他的生命框架。儘管〈無上瑜珈劫〉補白釋一愁對治過心魔、慾望及過往情事的依戀，然而，佛法終究未能成為他最終歸向，讓他真正放下這段感情。因此，與其說這篇續寫書寫陳漢秋走向釋一愁的通關，毋寧說，其實是為作者與筆下主角的糾纏做個交代。

四、結語

經由本文觀察，可發掘林央敏一方面承襲他過去對歷史文化、語言的關懷實踐，一方面轉化個人體悟世間情感的智慧，融入佛教義理，無論內涵與形式皆具佛理的深度厚度，誠如胡長松評論的：「書寫，當與記憶坦然以對時，本身就是修行。」[11]到了〈無上瑜珈劫〉，除了是與記憶坦然迎對的修行，更試圖以考驗通關的方式，為筆下主角找尋一個可安放此心／此身的方式。只不過，如果置放於作者最先完成的《胭脂淚》情節脈絡，釋一愁對治心魔與記憶的轉念卻只是暫時，多年後，他仍懷抱著懺情的

10 林央敏，《胭脂淚》（臺南：真平企業，2002），頁443。

11 胡長松，〈革命、愛情的悲劇與修行——《菩提相思經》導讀〉，收入林央敏，《菩提相思經》，頁563。

意圖嘗試與葉翠玉在另一個世界圓滿情感。由此來看，佛教修辭與經典思想，雖可提供作者對世間公義、世俗記憶有些超越性的詮釋，卻無法扭轉這些創作對愛情抱持的浪漫情懷。

第五章

從嘉義到桃園而尖石：林央敏的地方書寫與臺語文實踐[1]

一、地方感知與知識生產

> 地方也是一種觀看、認識和理解世界的方式。我們把世界視為含括各種地方的世界時，就會看見不同的事物。我們看見人與地方之間的情感依附和關連。我們看見意義和經驗的世界。
>
> —— Tim Cresswell，《地方：記憶、想像與認同》[2]

---

1 本文初發表於「2021 閩南文化國際學術研討會—跨境閩南．文化連結：金門與桃園視角的全球過程與移民記憶」，2021.12.11。特別感謝會議評論人蔣竹山教授與匿名審查委員給予建議，裨益本文增補與修改。該文後收錄於《「2021 年閩南文化國際學術研討會」論文集》（金門縣文化局、桃園市政府文化局，2022.4）。本次收錄時有再度增補與修改。

> 在北回歸線北邊四、五公里處，有一個農村，座落在牛稠溪南岸，以水牛為名。那裏，古樸的村民役牛而耕，卻也崇牛為神。大約二十年前起，有一個乾瘦的垂髫少年開始在那兒徘徊、沉思……，事實上，那個少年，從嬰年起，經過童年、青年，到現在的英年，都一直在關懷著那個充滿傳奇的村落，他的鄉土情懷，便以那個被他定為「永恆之故鄉」的村子為圓心，隨著年歲增高而擴展，……
>
> ——林央敏，〈睡地圖的人〉[3]

從 1982 年發表〈第一封信〉開始，林央敏創作至今逾 35 年，無論寫新詩、散文、小說或雜文，讀者總能夠鮮明地發現「地方印象」烙印在他的作品中，尤其是他念念不忘其出生／出身地嘉義水牛厝。段義孚討論空間與地方時，也曾從情感經驗來談：「對故鄉的依戀是人類的一種共同情感。它的力量在不同文化中和不同歷史時期有所

2 〔英〕卡斯威爾（Tim Cresswell）著，徐苔玲、王志弘譯，《地方：記憶、想像與認同》（臺北：群學，2006），頁 21。

3 該文為林央敏《睡地圖的人》詩集之自序。筆者參考自林央敏，《第一封信》（臺北：禮記，1985 年 2 版），頁 77。

不同。聯繫越多，情感紐帶就越緊密。」[4] 確實，家鄉總是佔據人的記憶與情感歸屬很大一部分，而林央敏即使遷居桃園，仍經常主動保持與嘉義的聯繫。「地方」也誠如本節開頭引自 Tim Cresswell 所述，提供一種觀看認識和理解世界的位置，那麼，從嘉義太保出發的林央敏，他如何諦視臺灣？他不停往返嘉義與桃園之間，對嘉義既有「回望」，亦思索其未來發展，而他對嘉義的感受與定居桃園後對桃園懷抱的感覺，又有什麼差異？乃至於 2018 年他開始嘗試一人短暫隱居尖石鄉山林的生活，至今逐漸適應當地農居日常，他為這些地方留下或長或短的文字紀錄，均值得對照觀察。身為一個長期耕耘臺灣文學與臺語文的創作者，他以哪些形式、觀點提析出這些地方的價值性，以及從人文歷史、人情互動延展的「臺灣性」。

而本文涉及的「臺語文實踐」並非意圖以語言學角度探究其選字遣詞彰顯的韻律，而是企圖觀察，林央敏熟習的臺語文運用於三個地方書寫上有無份量的差異？若從語言滲透的美感觀之，書寫三個地方的意象都一樣純熟自然嗎？或者因應不同地域，可察見語言運用之別？又，其《胭脂淚》的嘉義書寫又保留了哪些閩南文化痕跡呢？

---

4 〔美〕段義孚著（Yi-Fu, Tuan），王志標譯，《空間與地方》（北京：中國人民大學，2017），頁 130。

目前學者多關注其作品的民族寓意、鄉土性、歷史書寫，乃至宗教修辭。[5]宋澤萊認為林央敏不管是中國意識時期或臺灣意識時期，他的十分之九文學內容大抵都連繫在本土的題材上：又儘管其文學形式變化多端，或詩或散文或書信或小說，甚至文字分成了北京語文和臺灣語文，可是他的主要內容都緊緊地起源於這塊泥土上。[6]不過，截至目前仍少有研究者針對林央敏的遷徙路徑詳細觀察其書寫「地方」的特色，本文擬就其不同時期的創作對照閱讀，分析其嘉義水牛厝經驗、桃園內壢立業成家生活、而今尖石鄉山中隱居的幾個重要階段，且即便居住桃園，仍書寫嘉義，但書寫主題多少受生活經歷影響，值得梳理，循此探討林央敏如何轉化地方生活經驗、運動參與及文史

---

5 如：呂昱，〈林央敏與陳漢秋糾纏二十年的「俱生緣」——試析林央敏的《無上瑜珈劫》〉，《鹽份地帶文學》第 74 期（2018.5），頁 149-155；楊雅儒，〈「臺灣文化民族主義」的文學實踐——論林央敏小說藝術與終極關懷〉，《鹽分地帶文學》第 54 期（2014.10），頁 208-227；楊雅儒，《人之初．國之史：21 世紀臺灣小說的宗教修辭與終極關懷》（臺北：翰蘆，2016）；王明月，〈林央敏鄉土關懷之研究〉（臺南：國立臺南大學國語文學系碩士論文，2008）；陳惠美，〈歷史與反抗敘事研究——以《胭脂淚》、《菩提相思經》為核心〉（嘉義：國立中正大學臺灣文學研究所，2012），及其他收錄於林央敏作品的相關導讀。

6 宋澤萊，〈論林央敏文學的重要性——繼黃石輝、葉榮鐘之後又一深化臺灣文學的旗手〉，收入林央敏，《陰陽世間》（臺南：開朗雜誌，2004），頁 222-223。

關懷融入書寫，進行不同類型與風格的「知識生產」，從而理解其文學價值。

二、鄉愁與使命的所在：水牛厝

從年輕至今，林央敏一寫再寫家鄉水牛厝，以下摘錄幾段：

在嘉義市郊六公里的一個農村出生，這個農村地屬太保鄉的邊界，東距嘉義一舖路，西去北港十三公里，北枕牛稠溪，向南遙望關仔嶺，乳名「水牛厝」（水虞厝），官名「南、北新村」。從高速公路嘉義交流道出來，沿著北港路向西三百米，便是生我長我，苦我甜我的故鄉。

——〈水牛的故鄉〉[7]

牛稠山人講：白水入海流，
溪底寮人講：水頭在南方，
水牛厝人講：綠波西北盡，
三間厝人講：水向西南去，
中洋仔人講：東來不之處，

7　林央敏，〈水牛的故鄉〉，《霧夜的燈塔》（臺中：晨星，1986），頁42-49。該文原完成於1984年。

麻魚寮人講：轉身又北歸，
月眉潭人講：順路送日行。

——《胭脂淚》[8]

牛稠溪流過我的出生地，繼續流向新港與六腳，在月眉潭與蒜頭兩村之間，有個地頭名叫「番婆庄」，應是十九世紀初還住著未漢化的平埔族原住民，我曾聽說傳說中的王得祿大人死後葬在這裡，墓墳之大大過一甲地，好奇也好古的我，曾經騎著機車隻身前去尋找，果然有，原來神話象徵現實，傳說也蛻變自歷史……

——〈回到根的所在〉[9]

這幾段乃依發表時間序排下，幾乎可以說，嘉義／牛稠溪／水牛厝屬於林央敏創作的基本關鍵詞。而且這些篇章皆為其搬遷至桃園後所作，故即便林央敏當兵後轉至北部發展，仍舊一而再、再而三顧盼、返回嘉義，而鄉愁也不斷加重。他不僅在每次的回鄉感受其變化，甚且，也在

8 林央敏，《胭脂淚》（臺南：真平企業，2002），頁44。後文引自相同出處者，將隨引文標明頁數不另註。

9 林央敏，〈回到根的所在〉，《走在諸羅文學河畔》（嘉義：嘉義市文化局，2020），頁26。

散文自白會帶著下一代回嘉義，感受那塊土地的一切。因此，林央敏開始大量發表時，基本上人已定居桃園，但嘉義卻占滿其心靈，成為創作土壤。儘管幼年的林央敏見到地藏王廟前有七爺、八爺踩街，十分懼怕「矮仔爺」（八爺），然而後來的文學之筆，盡從地方民俗活動與信仰、「牛將軍廟」之來歷傳說、及大士爺的祭拜傳統，汲取靈感。

林央敏重複地在紙上烙下嘉義故鄉，以下略加整理其愛鄉懷鄉書寫之面向：

（一）土親人親的記憶

什麼是家？它是老宅、老鄰居、故鄉或祖國。

——段義孚（Yi-Fu, Tuan），《空間與地方》[10]

林央敏散文描繪家鄉的人物群像主要聚集在親人，誠如：寫給母親的〈第一封信〉，從不知如何起筆到完成之間，反覆回溯與母親相關的記憶，包括母親每回見到他回鄉，就急切地燉雞宰鴨、削梨子。而因為曾嫌棄母親動作緩慢的手，以及後來懊惱自己從不知道母親喜歡吃什麼，

10 〔美〕段義孚著（Yi-Fu, Tuan），王志標譯，《空間與地方》，頁3。

準此，這「第一封信」就在思念與悔恨中完成；〈阿母〉則描繪母親的勞動身影在清晨的果菜市場穿梭，負擔阿公、阿嬤留下的債務；〈母親愛養雞〉闡述母親以節儉為「憲法」，養雞從不餵人工飼料，而養雞雖為宰用，但也保護家禽的溫暖與否，甚且，不願在黃昏宰雞，因為「晏時宰雞，彼隻雞就不能出世」。[11] 以臺語文保留了母親純樸口吻，亦展現母親務實中的悲憫。母親肉身病痛、勞動之苦，溫柔堅韌持家的形象，在許多文章皆曾觸及。

二叔公則是勸林央敏要勤奮「讀冊」的推手，不僅舉例告訴他不識字的困擾，還曾給他一個大房間與亮度十足的燈光。由於家境，他一度去當學徒，生病的二叔公卻只掛念他沒升學，為了二叔公的心願，林央敏努力考上高職。而外公、外婆、父親、阿公等也曾是他紀念的對象；對照自己實際的鄉土經驗，到了臺灣都市高度發展，田野大量流失後，年輕人所處的空間環境已從寬敞轉為擁擠，林央敏為下一代所寫的〈我所耽心的——諮子文次章〉向兒子傳達了擔憂：

> 等到你的眼睛能夠認識周遭的環境事物時，你將看到我們村子幾乎處在廣闊的嘉南平原中央，些許白

11 林央敏，〈母親愛養雞〉，《收藏一撮牛尾毛》（臺北：九歌，2018），頁 31。

> 雲塗抹在我們的藍天之上，只是天空經常會凝結著一層薄薄的黑霧，一片一片漂浮著，使人登高也無法清楚地望遠，這些黑霧來自哪裡呢？看，村子西部的工業區，是不是豎著許多高大的煙囪，它們日夜吐著黑霧，把晴朗的天空吹暗了一些，使你覺得遠山不是含黛，是裝扮著包公臉。[12]

不僅是鄉土景象逐漸減少，汙染也日益加深，而同樣寫給親人，此處卻減少臺語文的語句，或也暗示他聆聽親長的口語與和下一代溝通的話語有些不同。該文也描繪其年少記憶中的田園風光，充滿泥鰍、田螺、蚌蟹、水鴨、白鷺鷥，夜晚交織的聲音彷彿貝多芬的交響曲。但可惜都市廢水毀了牛稠溪容顏，林央敏憂心兒子會埋怨父親沒有留下一片清淨大地——雖非控訴口吻，卻也赤裸地省思世代集體追求經濟發展的過程，是否顧及下一世代。〈攜子返鄉〉則平實描述帶五歲的孩子回到水牛厝，感受先祖們的草地經驗，為他介紹土地公廟、兵將寮仔、菜瓜藤、木瓜叢、甘蔗園、牛將軍，認識在地生態與歷史。

另，林央敏也從愛物惜物的心情，回味幼時家中養了條牛，但當他國中畢業，就陷入升學或就業的為難中，

12　林央敏，〈我所耽心的——諮子文次章〉，《收藏一撮牛尾毛》，頁76-77。

為了對抗「貧窮」，父親曾變賣小牛，雖然祖母希望他放棄升學，但父親卻決定賣掉老牛讓他念書，年少的林央敏感嘆老牛不能安享天年。就當一陌生人天黑後前來驅使牛隻，老牛出現從未有過的反抗精神，掙扎與挨鞭的過程中，老牛甩出糞便宛若抗議，林央敏突然起意剪下一撮牛尾毛。這項屬於消逝的牛隻舊物既承載時空記憶，同時象徵其生命契機與老牛的連結，充分彰顯農村生活中奮抗貧窮的無奈。

（二）為鄉野立史的使命

林央敏除了情感的抒發與感官印象，更採用大量「知識性」寫法記述牛稠鄉誌，尤其是在他遷居桃園之後，隔著一定的空間距離，反而更大量地情感沉澱與知識整理。舉凡〈回首傳說地〉、散文詩〈水牛厝出世記〉乃以不同形式、語言敘寫大士爺、水牛厝、鄭成功賜葉觀美的八條水牛轉為金牛傳說、土地公、紅土崁、鴨母王、王得祿等，堪稱實踐為地方立史的情志。〈牛稠溪誌〉寫地理環境變化；〈孕鄉〉則從察覺故鄉變化談起，感嘆新世代臺灣人較難受到鄉土陶冶，加之電子文化興盛，土地商品化，年輕人難免成為失鄉客；〈走在諸羅文學河畔〉回顧自身的文學啟蒙路徑，包含師專時期，流入市區的牛稠溪支流因汙染被戲稱為「黑龍江」；1997 年他始從「中國夢」轉向探索「臺灣地脈」，從而認識早期諸羅文人，並注意到日治時期民兵抗日，聚集在諸羅名地景「公園雨霽」唱嘉南民謠，以及附近的嘉農棒球隊發跡等。此外，他更為同鄉的臺灣名歌手立傳《寶島歌王葉啟田人生實錄》。小說方面，〈大統領千秋〉雖然旨在「揭示統治者的『神格化』」[13]，也不乏在情節末尾置入一則擬仿報訊的報導，隱約融入嘉義中山公園。

不過，更具體而詳實譜寫嘉義地方史者，應屬長篇臺語文寫就的《胭脂淚》，該作共計 13 卷 47 節，雖以「漢羅臺文」的詩性語言融入情節，但形式上兼含古典詩詞、西洋史詩劇場、臺灣南管音樂、七字仔，保留了許多早期閩南文化藝術，乃至現代詩；也引用流傳於日治時期、戰後初期盛行的童謠：「一年的悾悾，二年的戇戇；三年的吐劍光，四年的愛膨風；五年的上帝公，六年的閻羅王。」（《胭》，頁 87）形容主角就學的時光。並運用〈天地謠〉、〈四句聯〉等，描繪戰後初期的社會背景。又以七字仔表達葉翠玉的心境：「只為當初家教嚴，爹親允准出外去，唯一條件著順伊，千交代，萬指示，叫我待在異鄉城市，若交陪異性友誼，陳蕭兩姓愛排除。」（《胭》，頁 265）保留了閩南文化藝術的敘事表現。

林央敏也兼顧語言美感與敘事節奏，寫牛稠溪川流不

13　呂美親，〈「大統領」、「千秋」？虛構與虛構重疊的時代〉，收入林央敏，《蔣總統萬歲了》（臺北：草根，2005），頁 273。

息，沿著地貌蜿蜒形同「一款白素貞食了雄黃酒的姿勢」（《胭》，頁 44），摹寫溪水清澈：「日時的牛稠溪，水底有天」（胭，頁 45），形塑主角的成長背景是庶民與土地緊密依存的時代：「捻田嬰、掠烏蟬、覆尾蛾仔、網魚蝦、迴石螺、釣田跤仔[14]」（《胭》，頁 60），也特寫天氣乾旱、水源不足的問題：「互日頭曝甲嘴礁喉渴的田土，置空氣中喘喟，喟絲熾熾顫……」（《胭》，頁 61），而農民辛苦耕作，配合買政府昂貴的水租，方能在年尾以「三牲四禮，給天公伯求一個映望」（《胭》，頁 63），也轉化現實地景，如：關仔嶺「枕頭山碧雲寺」為枕雲山碧天寺，即《菩提相思經》陳漢秋隱匿、沉澱之地。故事中的時（歷史線）空（地方感）推進下，一方面敘述政權轉換與社會議題（如：嘉南大圳完工、霧社事件、〈桃花泣血記〉帶動自由戀愛），一方面譜寫男主角怎樣從佃農之子接受新時代的知識；而女主角則出身環境較好，二者有所差距。涉及二人情感，林央敏以巧妙比喻兩人互相心動：「有一回，漢秋停較久，親像蝴蝶歇置花蕊吮花蜜，希望讀出翠玉的憂愁……」（《胭》，頁 99）兩人四目交接後，「頭殼內的底片印著一粒蘋果，紅霓的面色襯配兩粒烏仁，烏仁沉置水水的窟仔底閃爍。」

14 原文寫四跤仔，但註腳稱此為青蛙，並用田跤仔，筆者以為註腳用「田」字較合臺語發音，故依註腳用字。

（《胭》，頁 99）梁瓊芳曾分析其擅長運用意象的視覺性來推展敘述，並以豐富稠密的一項細節，層層疊疊引出繁雜的現實與心境，成就長詩的敘述。[15] 此處確實經由生動意象，表達人物含蓄而具體的心境。整體而言，林央敏對嘉義的熟悉和感知，經由地理形勢、不同世代的生活方式、人際關係、民俗慶典、物產，勾勒出牛稠溪一帶自日治到戰後的變化，也營造小人物生存不易與情感深刻的情節結構，烘托出深層的臺灣「本土性」。

此外，無論小說、散文、新詩，嘉義竹崎的「觀音水濂」（觀音瀑布）皆曾在林央敏筆下出現。〈觀音水濂〉以圖畫詩形式，藉由不少疊字堆疊出瀑布自源頭落下的畫面，並以柔美的形容打造瀑布如女神的樣貌：

化身
　做水
　　姑娘的水
　　　觀音，將水
　　瓶提倒敧，叨有水
　大大港從出來，水逐水
，匯集置塌窪的山頭，水絞水

15　梁瓊芳，〈愛情 kap 語言 ê 變奏曲——論林央敏《胭脂淚》ê 意象美學〉，《海翁臺語文學》63 期（2007.3），頁 19-20。

，紡做軟糾糾的素紗，水黏水
，慈眉的女神就加這窟溫柔若水
的活綾羅簾開，掛踮互水涓沖斷的
山谷，像一匹百米長的水濂洶洶墜落
流水沈水雨水泉水攏是水水水水水水水[16]……

（刪節號為筆者節選）

除了視覺的堆疊，亦以活綾羅、軟糾糾的素紗勾勒出瀑布的柔滑觸感，而水字的大量運用，也傳達瀑布聲響，且以「逐」、「絞」、「黏」等動詞充分彰顯動態活力。至於《菩提相思經》則敘述陳漢秋選擇此地隱居，除了與其年少遊玩經驗有關，乃因此地是「走探理想的洞府」[17]，且觀察水流之大與佈滿石頭的溪谷地貌，陳漢秋從而感悟：「毋單人有命格，原來山水也有命格，好嫫攏見在落土時，比較這兩條山泉叨知，正爿這條流到斷崖，墜成水沖（chiang），擱有簾開變做成水濂，就互人號名封做美景。」（《菩》，頁296）以命格之說點出瀑布之奇；〈牛稠溪誌〉以轉化修辭摹寫瀑布：「觀世音追著透

16 林央敏，〈觀音水濂〉，《家鄉即景詩》（臺北：草根，2017），頁102。

17 林央敏，《菩提相思經》（臺北：草根，2011），頁295。後文引自相同出處者，將隨引文標明頁數不另註。

明的白色長袍，頭戴白紗巾，風吹過來，她的衣襟撩起數寸。」[18] 後半則感嘆遊人留下垃圾：「如果大士不肯移居淨土，那麼她必須適應人間煙火。」（〈牛〉，頁 148）亦流露林央敏對土地生態的殷切關懷。綜上而論，林央敏描寫嘉義乃盡乎所有力氣，既屬鄉愁式的情感呈現，也是其肉身行動不斷「重返」之地，更通過小說藝術建構的有故事的理想境地，以及知識型塑的地方認識，以此強調地景的美、先民開拓的艱辛、守護土地的不易，彰顯臺灣性、本土性，並將牛稠溪的今昔故事傳遞給大家。

三、轉大人的家：中壢／龜山／內壢

且先閱讀以下兩個段落：

> 南崁溪在龜山的殼裡被山脈擠出，從牛角坡開始流進地圖，像伸長的髮絲繞過中央造幣廠，灌溉楓樹村後，收留一條山溝，就胖成小河，從我家門前流過，堆積一塊三角洲，讓官府改造做龜山公園，供鄉民納涼，不用再上街遛狗，也讓我模仿一隻老鷹在空中冒充風箏悠遊的樣子，開始一段到河邊隨興

18　林央敏，〈牛稠溪誌〉，《收藏一撮牛尾毛》，頁 148。後文引自相同出處者，將隨引文標明頁數不另註。

散落腳步和閒坐一本書又把黃昏引入一首詩的生活。

——林央敏，〈南崁溪流過去〉[19]

我出世的水牛厝庄，徛置嘉南平原中央。
被懸山拱起的牛稠溪，位日出的所在趖出來，趖到平洋的胸坎頂，跤步放慢嘛毋暫停，一款白素貞食了雄黃酒的姿勢，彎彎曲曲像一尾軟茍茍的玉體。

這踏是一件美術作品，大自然踮茲布置四季。
大地穿一領有捏幭的裙，懸懸低低的裙裾隨風搖，若搖若淚若開闊，一條溪水做裙帶。

——林央敏〈水牛厝出世記〉[20]

據前文論述，已清晰感受到林央敏對嘉義充滿柔情與懷念，此處，再以同記兩條溪流的文字對讀，前者為2016年作品寫桃園，後者為2011年寫嘉義的文字，二者彰顯的風格迥然相異。很明顯地，書寫南崁溪，林央敏彷彿拉開一點距離，以知性方式觀察溪流方向與地貌，儘管

19 林央敏，〈南崁溪流過去〉，《家鄉即景詩》，頁35。後文引自相同出處者，將隨引文標明頁數不另註。

20 林央敏，〈水牛厝出世記〉，《家鄉即景詩》，頁82。

不乏生動活潑的修辭描繪南崁溪流過的代表地點之地理位置，但主要敘寫生活日常，該文後半段涉及虎頭山、桃園機場、竹圍港，也記憶大園空難的過去；至於〈水牛厝出世記〉，一開場即以濃厚的情感融入文句，將牛稠溪喻為蛇，流動的動態之姿躍現眼前，更借裙帶搖擺和線條託出大地的生命力，詩性濃厚，含蓄表現出道地臺語的韻味。該文後半段敘寫鄭成功部將葉觀美帶領屯營兵與八隻水牛開墾，既有歷史記憶、地理觀感，也含有先民敬重牛靈的傳說。二者對觀，若借段義孚談人通過「經驗」瞭解現實並建構事實，而此經驗包含感情由強至弱的感覺、知覺、觀念[21]來看，林央敏的嘉義經驗顯然夾藏豐富「感覺」，而書寫桃園則鋪陳較多「知覺」、「觀念」性的內容。

收錄於《家鄉即景詩》的「桃園即景生活篇」、「桃園即景遊歷篇」等，詩文完成與發表時間落在 1980 年到 2016 年間；書寫嘉南即景者收錄了 1976 年至 2016 年之間的作品。林央敏最初的桃園印象，應為 1975 年，他 20 歲的冬天，參加由中國青年反共救國團舉辦於中壢忠愛莊軍營的「歲寒三友會」，這段青春熱血的活動雖然被他記錄於〈在中壢街頭〉，但事實上，只是見證一段情志高昂的時光。真正令他對中壢有較深刻印象者，乃是三年後，他

21　〔美〕段義孚著（Yi-Fu, Tuan），王志標譯，《空間與地方》，頁 6。

抽籤到忠愛莊擔任預官，而每逢放假，他就棲身曾在中美路上的裕國戲院。

1977年夏季，他來到大溪從事教職，寫下〈初見大溪〉：「一紙師專畢業生的派令／把我的名字填入一座山城／大溪便在心坎裡蠕動生根／卻如白紙上的兩個字：陌生／除了豆乾、石門水庫／和教科書說的偉人長眠慈湖」[22]，循此可知林央敏初至桃園的陌生感，並且抱有一般人對此地的既有印象。不過隨著客運前進，他發現林木蒼蒼，「下車後，我的鞋印連忙／在狹窄的老街上慢慢蓋章／和我相同的腔音沿途飛入行囊／心想：我來到第二故鄉」（〈初〉，頁20）。據陳世榮〈北桃園的移墾與開發〉調查，在日治時期桃園各行政區的人口組成上，以大溪郡、大溪街而言，來自福建的移民明顯多於廣東移民，故而閩方言的人口比例也較高。[23] 關注臺語文運動並實踐於創作上的林央敏，慢慢認識大溪的過程，正因腔音不致有太大的疏離感，而對桃園產生第二家鄉的認同感。不過，與譜寫嘉義的詩文相較，林央敏書寫第二故鄉桃園所用的臺語文並不及寫嘉義的豐富與一氣呵成地純熟，但儘

22 林央敏，〈初見大溪〉，《家鄉即景詩》，頁19。後文引自相同出處者，將隨引文標明頁數不另註。

23 詳見陳世榮〈北桃園的移墾與開發〉，收入吳學明等撰，鄭政誠主編，《移轉與質化：桃園閩南文化論集》（桃園：桃園市政府文化局，2020），頁47-80。

管如此，其青壯年時期至今推倡臺語文活動、文化運動則未間斷。

林央敏在 2016 年以〈會記得尾寮〉回顧了初至大溪，他在感官體驗上與行動路徑上感知到的地方樣貌：

> 親像看見一片面桶地／青色山脈加（gah）古城圍咧／大漢溪位城跤（ka）彎過／隔開奢花，毋互齷齪（ak zak）／浞（do）入來小鎮污染美麗／我配上（be ziun）山腰一間國校教冊／這踏本名尾寮，官名美華／尾寮有田土味，美華有讀冊聲／我拍算加新故鄉設踮茲（zia）[24]

雖然林央敏自 1983 年就採用臺語文創作，然涉及桃園的詩文中，這首詩屬林央敏少數以臺語文書寫而就的作品。他在美華國小教書時間雖不長，卻是開啟職涯的重要地方，可見，這段記憶給林央敏留下匪淺的感受。至於寫桃園古廟短詠的系列，筆者認為〈蘆竹五福宮〉最能以生動臺語融合歷史、民俗、信仰特色，展現俐落豪邁的韻味：

24　林央敏，〈會記得尾寮〉，《家鄉即景詩》，頁 21。

咁是鄭成功置（di）赤崁設陷眠
掣（chua）千軍萬馬飛到南崁社
佮（gah）趙公明參詳安怎圍城
吳厝傳出郡王路過的風聲
留勤儉的武財神保護茲（zia）
臺灣開始有玄壇元帥爺
信眾的目睭若是眼（gan）著蛇影
免驚，彼是神明的使者[25]

這座廟宇是桃園較古老的廟，主祭趙公明，較特別的是廟內設有使者公蛇洞。

而林央敏從 1979 年移居龜山，1982 年遷戶籍至該地後，對此地的時事、人文、環境認識也有所積累。促成他較過去積極了解臺灣現實的原因之一，是他在 1979 年剛調到龜山一所小學任教，在整理前任教師的抽屜時，發現留下許多許信良的「風雨之聲」與「當仁不讓」的節錄本。[26] 而據王明月〈林央敏鄉土關懷之研究〉所述，當時林央敏有其獨立思考，並非只接受國內報紙刊載的意見，他除了對臺灣以外不同的報導內容產生質疑，也對照許信

25 林央敏，〈蘆竹五福宮〉，《家鄉即景詩》，頁 75。
26 李衍良、黃佳琪，〈訪林央敏〉，《臺灣新文學》第 8 期（1997.8），頁 34。

良的「風雨之聲」與「當仁不讓」的節錄本。在 1984 年之後，他開始嘗試寫雜文。[27] 此後，他參與的政治、文化運動也頻繁不斷，以下列舉若干：

1986，參加由林雙不、宋澤萊、林文欽、王世勛、李喬、老包（詹錫奎）、高天生等幾位朋友先成立的「臺灣新文化」。

1987，加入臺灣新文化雜誌社。

1990，被選為社會運動的政治性民間社團「臺灣山河社」的首任社長。

1995，臺語文推展協會在臺北市成立。

1996，任建國黨桃竹苗辦公處主任。

2005，與文友合辦《臺文戰線》文學雜誌創刊。

這段時期，他不僅推出無數討論臺語文或臺灣文化的專書論述，即便感知桃園的地景也都蘊含歷史、族群的了解與思考，如：描繪龜山公園的〈南崁溪流過去〉，追溯 1984 年發生的六三水災改變南崁溪沿途流經的眷村：「後來，官府投入五千億稅金加持全國眷村，蹲踞在河岸兩側的老宿舍也突然站起來，像一隊泰坦族，護衛保留下來的矮房負責演述眷村的故事，旁邊這隻抬不起頭的虎頭山也化身做環保公園，讓市民忘記那場意外的河殤。」

27　王明月，〈林央敏鄉土關懷之研究〉，臺南：臺南大學國語文學系碩士論文（2008.10），頁 27-28。

（〈南〉，頁 37-38）再談及溪流流進大園國際機場，嗚咽地為 1998 年空難冤魂悼念等，充分彰顯他透過動態溪流見證這塊地方曾發生的苦難。不過，該文並非全然汲取悲傷的素材，最後以一枝筆曾落入南崁溪，自道那枝筆的旅程乃為他預寫了這篇文章的最後一句：「水不在長，清澈就美麗。」[28]

另，〈在龜崙嶺的足跡——記憶龜山〉則清楚記述他退伍後，在大溪美華國小教書，後來在龜山買房、成家，不過該文並沒有成家前後的浪漫紀事，而是務實地描繪龜山為何名叫龜山。林央敏聲稱從古書認識荷蘭人筆下的「Kouronangh」，即蔣毓英筆下的小龜崙山，阮蔡文詩中的龜崙，更是平埔龜崙族（Kulon）的棲息地，耙梳了地名由來，緊接著寫他初至龜崙嶺嶺頂的日常生活與交通經驗，而在萬壽路山腰上最引其遐想的，包括：龍壽村東影公司模仿古村落建造的街，一處是他另外為之寫詩的「壽山巖觀音寺」。此外，他也注意到龜山村昔之曹丁波洋樓（即今之龜崙文化館），最後，他從龜山的地貌，比擬它為一片葉子，以臺一線為主葉脈，輻射出的葉脈上可見醫院、高球場、矮眷村、大學、寺廟、工業區、登山道等——不難窺見，林央敏沿用他向來對文史的興趣做為書寫

---

28 同前註，頁 40。

重點，然而，三十年的桃園生活，他仍然以知識性的書寫為主，較難察見其情感面的抒發。

而「桃園即景遊歷篇」系列，多以地方特殊地景為對象，如：〈角板山一韻究竟〉一面描述角板山風光，從泰雅語（Pyasan）、官方地名復興鄉暗示不同族群的交會，同時不忘召喚歷史記憶，揣摩建行宮的蔣介石心境：「是渡假？掬取故鄉的安慰？還是掩藏膽顫心驚？恐怕美景也無法消除餵養白色恐怖的杯弓蛇影！」[29] 不過該詩隨即敘寫拜訪深山的三光國小，感受到沿途泰雅人的熱情，並歡飲小米酒，事隔多年，林央敏仍難忘當地特產：

> 前天，當我看到鄉徽上的太陽像紅杏，
> 又像熟透的水蜜桃——拉拉山的精英，
> 使我想起那年曾種下一個願望在巴陵：
> 「但願角板山這個本名來日能復興，
> 土地褪去政治，恢復美麗，是幸！」
>
> （〈角〉，頁 47）

希望「復興」正名角板山以推翻戰後官方的復興鄉之名，也呼應林央敏詩中提及的原住民正名運動。

---

29 林央敏，〈角板山一韻〉，《家鄉即景詩》，頁 43。後文引自相同出處者，將隨引文標明頁數不另註。

林央敏曾撰寫《臺灣民族的出路》、《臺灣人的蓮花再生》強調民族精神，主張臺獨，另曾寫過小說〈上帝之生〉（1982）、〈大統領千秋〉（1987）、《蔣總統萬歲了》（2005），莫不嘲諷批評蔣政權時代的威權統治，而當他走過兩蔣園區也特地寫下〈集結獨裁者〉：「一座紀念獨裁者的園區／會是民族受傷的印記」[30]，此詩寫於2016年，而約莫在21世紀之初開始，「去蔣化」之一的移除銅像行動就在各地公園、大學校園出現，旨在剝除過去黨團體制下的個人崇拜。2012年以降，蔣介石銅像遭噴漆、毀損、割首的事件常在媒體可見。

而從戰後往前推，〈八塊厝樓——八德記憶〉則上溯八塊厝的由來源起於八姓人家在茄苳溪岸築厝，但後來被稱之八德，他點出了若干村莊：雙連陂、廍園、白鷺村到霄裡池、更寮腳，表示這些全然與所謂「四維八德」無關，但有其純樸的芳香古色，至今，則因產業的轉變，蓋了醬油、巧克力等廠房——循此，可知林央敏譜寫這些地方的詩歌其實仍講求寫實性，且多從地名省思被賦予的意義。另〈平鎮素描〉先列出三種對當地的「想像」：一是對犁頭尖文化遺址的想像，這是虎頭山附近於2014年挖出古文物的遺址，2017年文化局委託臺大執行考古研究；

30 林央敏，〈集結獨裁者——走過兩蔣園區〉，《家鄉即景詩》，頁52。

接著想像 18 世紀清國在張路寮到望路寮設屯，以及 1895 年八角塘成為抗日戰地等。相較於這些「想像」，他認為唯有當下時空的客庄踩街嘉年華，方有具體的感覺。敘寫平鎮的這些歷史時，林央敏的書寫帶有距離，但觸及水牛厝或嘉義過往時，他化身說書人，彷彿置身歷史現場，此間差異十分明顯。

又，〈永安夕照〉書寫中壢人熟悉的永安漁港，既可踏沙，品嚐海鮮，且能賞夕陽，林央敏乃以問句：「先民曾經把笨港遷到桃園嗎？地名隨媽祖的分身搬到新屋？」[31] 隱約道出新屋天后宮是由北港朝天宮分香而來所建蓋的。

林央敏 2009 年自龜山搬遷至內壢，是從「北桃園」漸往「南桃園」遷移的路徑。而桃園生活的日常與其創作、語文、文化運動的推倡緊密相扣，間接影響他對當地的書寫較多知性的思索，也生產大量知識型專書討論臺語文發展。1982 年，他到龍潭拜訪鍾肇政，而後完成的〈來到菱潭陂——兼致鍾肇政先輩〉擬仿劉禹錫〈陋室銘〉，以「是菱角遍生，石穴湧泉／是水不在深，有龍則靈／還是早到湖邊天降霖／傳說雖美也沒有微笑迷人／龍潭是生產幸福感的鄉鎮」[32] 描繪龍潭，所謂幸福感包括生態環

31 林央敏，〈永安夕照〉，《家鄉即景詩》，頁 72。

32 林央敏，〈來到菱潭陂——兼致鍾肇政先輩〉，《家鄉即景詩》，頁 56。

境、可思古的聖蹟亭、武德殿，及美食石門活魚等，對林央敏而言，初訪龍潭更大的意義在於向文壇前輩致敬，獲得力量於創作路上步伐堅定。

倘若嘉義屬於林央敏依戀懷想，如母親懷抱之地；那麼，桃園則是青、壯、中年的筆耕、戰鬥，形塑自認同之地，大量的文化評論，臺語文推廣都在這時期呈現。而他除了以桃園人文地景為題發表詩歌、散文外，其知識生產也對在地的文學、文化進行系統性的介紹。較為短篇的〈桃園閩南文化小覽〉（2018），概述桃園閩南裔以漳州移民最多，他從當地掃墓在農曆 3 月 3 日祭祖即能反映漳州遺緒；又如慶元宵，主祀開漳聖王的景福宮總有男性猜射領賞遊戲，女性「鑽燈腳、生卵葩」的活動，存留了閩南文化特色。此外，他也注意到桃園戲班以歌仔戲大明園歌劇團和布袋戲的泰興樂掌中劇團較有規模。2019 年，林央敏在桃園與新竹兩地編撰《桃園文學的前世今生》，近期更主編《桃園文學百年選》。

《桃園文學的前世今生》概述桃園此地在歷史上的拓墾與行政劃分變遷，以便說明納入的作家群，不過所謂「桃園文學」的界定是「複雜」[33]的，這點，許俊雅就

---

33 林央敏對桃園文學／作者的界定，區分 1945 以前與 1946 年以後兩部分，前者包含：1. 父祖世居桃園市，且本身出生於桃園的文學作家、2. 出生桃園且曾在此居住五年以上的文學作家、3. 非出生於桃園但移居桃園市

曾討論臺灣區域文學史建構的限制性。由於作家本身會移動，而其書寫未必與出生地有關等各種因素，遂提醒：「或許我們必須面對區域文學史彼此之間的重疊、斷裂或遺漏，認識到這種審美實踐的複雜性、艱難性、變化性，才能避免失之簡單、機械或盲目。」[34] 而林央敏為顧及完整概觀桃園文學，廣納平埔族、泰雅族的口傳文學、清代古籍中的桃園文學、傳統詩文、日治到戰後的作家、民間通俗文學、兒童文學等，有些取材舉例未必與桃園在地的文化精神、人文風俗相關，然按斷代與類型區分闡述亦屬不易。

林央敏定居桃園韶光長達四十多年，承繼轉大人之後與轉型隱居生活之前，這段歷程的知性思考，不時藉由所見所聞的桃園人文進行傳達。而《桃園文學百年選》則注意到早期如大溪人李獻璋所寫的過年習俗、活動；莊華堂的〈族譜〉，描繪老一代人過度注重族譜，而忘卻它可能經由變造的那一面；馮輝岳〈大埤塘的歲月〉留意了桃園

後，曾入籍五年以上的文學作家、4. 非在地出生也未入籍但曾居住五年以上且有些創作與桃園相關、5. 以及前列桃園作家中，具有一定知名度而被列為臺灣文學作家，並出版文學著作三本以上者；1946 年後的，即前述 1~4 項中，各加入有文學著作至少三冊，以及第 5 項中須得出版八本以上者。詳見林央敏，《桃園文學的前世今生》（臺北：草根，2019），頁 24。

34 許俊雅，〈建構與新變／敞開與遮蔽——臺灣區域文學史的意義與省思〉，《臺灣文學研究學報》第 18 期（2014.4），頁 20。

珍貴且占地甚廣的埤塘；又如陳銘磻〈春天在桃園散步〉等皆能表現在地特色。不過該書所選仍有多數作家僅是出生桃園，然其作品未必著眼桃園的人事物，又較缺乏閩客之外的馬華、東南亞新住民在地的觀察，略為可惜，也不免削弱該書「桃園文學」的屬性。

四、隱居樂活：尖石鄉農居

> 我絕不嚮往古代生活，但是，我懷念舊田園的一切，因為懷念時，會有一股純樸或辛酸的感情滋潤著。[35]

2018年暮春，林央敏開始嘗試在尖石鄉短居生活，截至目前，他仍不定期在臉書分享其尖石鄉農居日常、動物／植物及自然景致等寫真，搭配簡短文字介紹新體驗。

林央敏何以從內壢再轉往尖石山中生活呢？他曾闡述緣起於2017年他認識一對木屋主人夫婦，介紹他前往尖石深山木屋夜宿，希望以此療癒其長年失眠問題。彷彿〈桃花源記〉，林央敏詳實描繪初入尖石鄉的途中見

35 林央敏，〈田園追憶組曲〉，《走在諸羅文學河畔》，頁204。

聞：

> 途經內灣且不入遊客如織的老街，就直接駛向轟著神話之筍的尖石原鄉，接著迤邐越過新建的西拉庫（Sirakku）新樂橋，山路開始瘦成一條蛇，在房舍稀疏的水田部落間蜿蜒而上，爬過八個髮夾彎後，終於彎進一谿狹谷來到泰雅族的聖山——北得拉曼都的木屋。[36]

在這座三層樓的木屋外，有室外 20 坪陽臺當客廳書房，舉頭即能眺望北得拉曼山，他便聯想：「在開天闢地的創世紀時代，有個上帝用這團雲製造綿羊，應是照牠所飼養的羊隻形象來塑造吧，捻一撮較瘦較堅硬的造公羊，再捻一撮較肥較細柔的造母羊。」[37] 倘回想林央敏〈上帝之生〉，必然難忘他以上帝形象擬仿獨裁者的權威，然而，此處或許是尖石木屋與山景遼闊，令他在瞭望中只感受到造物主的童貞。無論山間的野生草莓、吊橋，抑或夏夜星群，都觸發林央敏的詩性感受：

> 天蠍爬到山頂，離我很近，那隻半人馬完整現身在

36　林央敏，〈尖石隨筆〉，《走在諸羅文學河畔》，頁 192。
37　同前註，頁 193-194。

北得拉曼之巔，幾天前才溫習過的那把奧斐斯之琴已化作天琴低垂到我的仰首半空處，織女啊！此刻的天河變狹窄，乘著天鷹的牛郎擔著妳們的兩個子女好像要向上飛渡銀漢，河中，幻化成十字形的天鵝恰好游過來，與妳們共組夏季大三角（Summer Triangle），而巨蛇蜿蜒在旁邊看，我耽心妳們有危險，小心啊！[38]

此文譜寫尖石山中的浪漫，至於其他即時發表於臉書的極短札記，是否隨著居住時間逐漸拉長，形成不同的書寫氛圍呢？截至筆者撰稿的九月中旬，統計林央敏書寫農居新生活的文字，至少已有 3 萬 3 千多字，約可劃分四類主題：

（一）寄情於自然萬物

由於進入陌生山區，素有好奇心的林央敏對居住環境生態有不少特寫。最初，他對木屋附近的昆蟲抱持的想法是：「我的原則是，只要你們不干擾到人們的動線，就繼續留在那裏生活，要居留多久隨你意。但當你們的網

38 同前註，頁 198。雖此文於 2018.5.2 完稿，原載於《鹽分地帶文學》第 75 期（2018.7），不過這段文字的雛型可見於林央敏 2018.3.28 的臉書發文片段。

路侵犯或攔鬧到我的生活路線時，我沒能力幫你們搬家移網，只好破壞你們的八封陣，將你們趕到更廣袤的大自然裡。」（2018.7.15）後來，發現餓壞的流浪狗，除了自煮麵條分食，也因發布臉書，朋友們還特地送來飼料與養生雞骨。某次，見母犬餵完小狗喝奶後：「轉个身勢，開始舌式犬情深舔 poppy。然後，小狗們自相玩耍、相偃⋯⋯」（2018.8.26）林央敏不禁感懷已逝的母親，而當林央敏描繪親情感懷時，往往以臺語文含蓄表露。

有時，青蛙造訪、猴子作亂、有時松鼠來嬉戲，林央敏幽默表示松鼠動作迅速，但：

> 牠中計，落入我的魔掌，因為這時梭羅隱居華爾登湖，特別喜歡捕松鼠，發現是人間上好美味的章節，浮現在我的腦海，可是當我下樓後，夜色跟著下樓，我的魔掌逐漸轉化成慈掌，因為⋯⋯，就將這隻蓬鼠暫時收押在我臨時為她起造的看守所。
> 一面餵牠吃土豆，一面想看是否有人願意領養她？一面打開大空間鼠牢的一些孔縫，任她想要自由就自己奮力逃走，但最好不要逃進《湖濱散記》。
>
> （2019.5.2）

此處充分彰顯林央敏的風趣與童心；有次雨後，林央敏巡菜園，偶見百合依然堅韌彷彿臺灣魂，接著餵蝴蝶食蘋果：

> 幸喜懷抱臺灣魂的原生百合意志堅，在我故意保留不開闢的萋萋荒地上依然婷婷玉立展花顏。
> 這時，一隻被雨柱敲壞幾點蛾翅的美麗蝴蝶也許已經無家可歸，在我採收兩條菜瓜後，奮力振翼飛到我的頭上盤旋，再跟隨我回到木屋前簷，己飢人飢，我臆想牠此刻也飢餓了，便削了小蘋果一顆，餵牠果皮連果肉，哈哈！看來這隻曾經滄桑的蝴蝶姑娘吃得很快樂！
>
> （2021.7.24）

偶爾，也有靜態的彩虹景致落入眼簾：「當我在露臺煮菜賞景看書寫字時，就有一片大約 1 米長的彩虹垂落地上，進入木屋後的樹林，在我眼前四、五公尺遠的地方展現，猶如一件簾在竹竿上的霓裳。」（2012.6.8 發文）順隨林央敏捕捉的生活見聞，似乎隨時有驚喜，有時透過樹葉篩過的陽光，下到淺淺的金針花谷採菜；有時森林漫步思索，赫然見到草叢中的蛇……而林央敏多以恬淡筆觸，歡納的心情，流露他自在地與這些生物共存的態度。

（二）充滿行動的日常

林央敏為老屋命名「聆雨廬」，別具雅致。而既稱之

「隱居」，他也打理自己的餐食，除了有不少短文放上展現廚藝的寫真，更記錄自行種果菜，研發防蚊罩，同時養魚，且得以豐收：

> 想必是上帝同情我冰箱無魚，也欣賞我在木屋外自行建造了一個小小不滿坪的活水小魚池準備養魚，所以讓我豐收，得魚50幾尾，有美味的苦花(聽說又叫鯝魚)、有可口的溪哥、有細質的石賓，又有一兩尾像山鰱仔，還有蝦蟹。大的就烹來配飯，小的就養來觀賞，等牠們長大時，如有賓客前來探望孤苦老人，就請貴客品嘗這些山中水珍……
>
> （2019.1.1，新年元日之旦）

但日常生活除了三餐準備、閱讀等閒趣，仍有許多事項，無論颱風前鋸木整理，抑或入冬防範嚴寒：

> 挖土、取沙、打石塊製造紅毛土（水泥）、鋪設防水布、搬磚、撿石子……，這一連串的工事只為了讓我養的苦花（鯝魚）、石賓、山鰱（一支花）、狗南仔這些溪魚有個舒適的家，免於挨餓受凍。
>
> （2019.2.17）

雖說林央敏山居生活呈現的文字轉趨恬淡、清雅、時而幽默，但人在山中，並未全然拋棄對世界的關心，尤其這兩年世界共同抗疫。林央敏曾指名國民黨羅智強因疫苗獲贈的比買來得多，發出「疫苗乞丐」之說，令他「悲感臺灣這片美好的土地怎會養出心性這麼卑劣的人！？」（2021.6.22），進而自嘲是否也是乞丐呢？因為隱遁深山，好友常來探視，「總會買不少三餐用的食物來幫忙安撫我的冰箱。」（2021.6.22）以此感謝友人情義深遠，同時批評疫苗乞丐之說。

（三）友人拜訪與互動

雖處深山，但林央敏不時記述友人上尖石拜訪的心得，呈現其人際關係的富有。交集過程，或為朋友物資方面與心靈的送暖，或為林央敏帶朋友賞玩美景，或為生活藝術理念的交流。

有一回，林央敏帶友人欣賞甕碧潭，再往鴛鴦谷瀑布，途中，有大巨人自山壁上露臉迎賓，林央敏形容那彷彿走出《山海經》的共工。後往鐵嶺前進，又發現「比太魯閣更峭麗宏偉的山壁貼著水聲一路鋪到眼前，小學起就信奉基督教的朋友比我先發現耶穌來過這裡，『那是耶穌，戴著荊蕀桂冠的耶穌，面露哀傷的神情，從額頭流下的血跡乾了……』伊說。」（2019.1.26 補記）從自然的鬼斧神工，林央敏和友人均獲心靈的飽足甘美。

又如女詩人造訪，翌日清晨，發現林央敏已在濃霧的菜園工作。林央敏形容女詩人對露珠如同地上的星空感覺驚豔，他便幽默道：

> 主人說：「為了聊表白髮樵人對兩位的歡迎，我連夜佈網羅織這片星星的眼淚！四、五月再臨，便有滿地的綠色星光在草木間飛舞！」
> 這時我覺得地上的青菜們也欣欣向榮的感到鼓舞，感受到兩位女詩人的詩興，恨不得一暝大一寸。
> 女詩人造訪帶給懶散粗草莽夫最大的幸福是，有了一頓豐美的早餐，謝謝她們！我沒問這頓早餐是誰的手藝，歸功兩人。
>
> （2021.3.5 補記）

林央敏並非總是被動等待朋友來訪，他也在此結交新友，如：他經常拜訪二公里外的陶藝大家，「走過名為〈馭閒陶苑〉的石碑後，山門前與苑中步徑旁，可謂十步一藝品，十米一涼亭，連浴廁牆外都貼上陶瓷風景，中途是作品展藏屋與陶窯，最後小池邊的一間則是藝術家的居所。」（2021.1.27 尖石水田油羅畔）應和林央敏對生活、對人對物常保探索之趣，並樂於互動的活力與豁達態度。

（四）文史癖好依然

相較於嘉義或桃園，林央敏對尖石的歷史人文書寫較少，此與他尚在適應新生活，得動手料理許多事有關。不過，追尋地方往昔的故事，是林央敏習性之一，因此，他曾記述 2018 年 8 月 1 ～ 2 日，造訪幾個地方，包括：「老」司馬庫斯——即被國民黨改名為「新光部落」的鎮西堡，參觀鎮西堡村外高處的長老教會教堂，以及教會後方的原住民編織教室、新光國小（老司馬庫斯村落的國小）等。並前往鎮西堡一戶泰雅族民家。林央敏表示：「門牌顯示這裡才是數百年來或千年來的司馬庫斯（用台語「司馬牛斯」才能準確唸出泰雅語 Smangus 的原音）本部落。」（2018.8.2）他也從秀巒村的老司馬庫斯遠望位於山谷對岸玉峰村的新司馬庫斯（俗稱「司馬庫斯」），而經過的每個地方，他都拍下照片，搭配圖說上傳。

又，林央敏也積極參與尖石地方的文學活動，如：陳銘磻與尖石雲天寶鄉長合力策畫的青蛙石詩碑的立碑活動，並留下文字見證：

> 今日此地，和大家做夥遊賞青蛙吐詩，那羅河岸充滿濃郁的文學味，許多老、少詩人、散文家把文學種在土地上，雕詩栽植成三種形狀的鐵碑分別企立步道各處聽水聲。
>
> 我也播下一闕短小的小品詩，這首小詩原先印在報紙副刊，一個月後被鄉公所移居到表皮似銹非銹的青蛙造型的鑄鐵上，又二個月後要被流放到那羅陪

> 畔青蛙石。
>
> （2018.12.8）

林央敏目前關於尖石生活的發表雖較少，但臉書累積的篇章其實已有相當份量。而其認識當地過程，最有意思的是，某次沿著溪流行進，竟偶遇自己筆下《菩提相思經》男主角陳漢秋逃亡路徑的躲藏地：

> 這應是「相思經」第五、第六章寫到的奇遇，陳漢秋在這洞穴巧逢也在逃避政治迫害的新竹人施學真（施儒珍）。
>
> 唉！60 年了，這洞穴還在，洞穴下方通往河床的人足小徑已被雜草掩蔽了。
>
> 當年男主角並不知道他失足落水的這條溪叫什麼，現在記述者我才知道原來是頭前溪的上游——油羅溪＝那羅溪。
>
> （2018.9.4）

循此，足能想像當書寫時的案上想像與步行探索的意外發現產生連結時，林央敏肯定驚喜。就其書寫觀察，尖石山的生活接地氣，既能享受人在山間的閒趣、也有日常務農、親近大自然動植物昆蟲的經驗，在林央敏六十多歲後選擇反璞歸真的生活，既是他隱居夢成真，某種程度也銜接童年家鄉生活氛圍。由於林央敏體驗此地的生活更具「行動性」，且所有探索、適應、接觸均正在進行式，因此，目前長篇的感悟相對較少，採用的語言文字多屬札記性質，尚未特別採用或轉化為他熟悉的臺語文書寫呈現，也因為社群媒體的即時分享性，這些內容較少特意剪裁。

五、結語：「睡地圖的人」仍在文學路上

林央敏嘉義的書寫揉合濃厚纏繞的情感，是從貧苦中成長邁入青年時期，離開故鄉發展，並未讓他割捨掉這條養育他的土地臍帶，反而促使他一再回顧，並將這份對家鄉的使命感轉化為各種體裁的創作，以臺語文謳歌家鄉事物極為純熟，也深具美感，既彰顯嘉義地方文史，也結合了本土性、臺灣性；進入桃園生活，以工作為主，充滿戰鬥、理性，書寫桃園在地文史或日常以知性為主；隱居尖石，乃在邁入花甲後，堪見其放慢節奏，而農居體驗隱約連結嘉義故鄉的印象。相對於嘉義、桃園兩地豐碩的書寫成果，尖石山居的體驗尚待沉澱與轉化，然可略見他依然關懷自然鄉土、社會環境並加深融入其中的行動力，但語言風格更趨幽默豁達，簡潔中夾雜溫柔悲憫，而臺語入文的方式則非林央敏力求的，反而是較隨興置入的，相關的地方感知，有待持續觀察。

與同世代作者相較，李昂曾以無所忌諱的鬼聲、鬼魅

氛圍形容島嶼；宋澤萊嘗以魔幻寫實手法異化鄉土地景，增添正邪力量對決，比擬威權為魔界；林央敏多採純樸文字形塑土地之美，少數特別的形式如《胭脂淚》拉出天上／人間的架構。綜觀而言，其以溫情目光凝視臺灣，呼應他寫〈毋通嫌臺灣〉的初衷，無論林央敏書寫何地，總與土地踏實結合，也藉由語言形式留存閩南文化藝術之美，並巧思創新語言美感，堪見其對土地與當下生活誠懇的態度。

附錄一

臺灣荷馬——林央敏訪談錄[1]

前言

首次與作家林央敏先生聯繫於 2011 年冬天，「臺文戰線聯盟」網站上附掛的「林央敏文學田園」，後與老師電子郵件通訊，敲定訪談時程。他給人的感覺一直是親切、回信很迅速的，也很樂意與後輩學生分享理念與心得。十分感謝林老師在訪談前，為我整理的《菩提相思經》主角年譜進行詳細比對與指正。而這份訪談主要針對其個人生命體驗、創作理念與文化、信仰等相關課題展開。

時間：2012.2.15 下午 2:00 ～ 5:30

地點：林央敏老師內壢住家

（以下林央敏老師簡稱「林」，訪問者楊雅儒簡稱「楊」）

1　本文最初發表於《臺文戰線》28 期（2012.10），頁 55-95。

無法阻止創作慾的手疾

楊：謝謝老師先為我比對了《菩提相思經》陳漢秋的年譜，您剛說有些資料留在嘉義，是指創作過程的手稿嗎？

林：我在 1991 年以後就很少有手稿了，因為大多靠電腦寫稿了。但會寫日記、筆記，這才有手稿。因此，我 1991 年以後的作品，只有少數有手稿。

楊：老師有沒有想過把手稿捐給哪個單位呢？

林：是有幾個單位在討啊，但以前大部分手寫稿在文章發表後就丟掉了，通常沒發表的稿子才有留下。後來也保存了一些手稿，像這個（指《胭脂淚》）是意外才有手稿，因為那時一天連續打字十幾個小時，打到手會痛時就暫停，等不痛了再打字，這樣一段時間後，就算不做事，手也會痛，痛不止，才去看醫生，做復健，這時改用筆寫，才有厚厚六本《胭脂淚》的手稿和筆記。當年因為創作慾強烈，手疾復健也不確實，並沒完全好，我後來發現我手拿筆寫字時，只要連續寫幾行字，手就會失去控制，現在也是。

水牛厝傳說

楊：看您的年表上提到，您小時候讓家裡長輩帶至後潭村

（按：今太保市前、後潭里）的恩主公廟予恩主公做「契囝」，想請問該廟堂是五恩公廟嗎？主祭的神明是關聖帝君嗎？

林：我去後潭給恩主公做契囝，那個廟還在，叫「玉泉寺」，伊的主神是觀世音。我知道玉泉寺，大約是小學三、四年級的時候。我們村子水牛厝（今太保市南、北新里）的「五聖恩主公廟」應該是從玉泉寺分過來的，主神才是關聖帝君。以前我的阿公、叔公，都是水牛厝恩主公廟的第一代鸞生，開創者之一。這間恩主公廟本來叫做「慧明社醒善堂」，只用民房的大廳當廟堂，幾年之後才正式蓋廟，那裡是我小時候常去的所在。

楊：廟裡面是不是有一隻牛呢？

林：有一隻牛的廟叫「牛將軍廟」，又叫「水牛廟」，在恩主公廟的前面，你從高速公路嘉義交流道下去就可以看到。牛將軍廟的主神就是一隻牛。

楊：牛將軍廟也在那附近嗎？

林：是，牛將軍廟是後來才有的。其實我小時候聽到很多水牛厝的歷史傳說，也曾寫過，後來村民才蓋一間小廟，比土地公還小的廟來供奉這個牛神。那所在原本是很大的池塘，傳說那一頭水牛會吐金子，一直存在池塘裡面，某一年牠藉由恩主公廟出示文字要求村人奉祀牠，鄉親便在池塘最前端的路旁搭建小廟。後來有一年，1978年的樣子，我記得應該是《聯合報》的萬象版刊出這間廟，蔣經國看到了，覺得很奇特，竟然也有奉祀水牛的廟，報紙也稍微報導一下廟的淵源與意義，蔣經國就親自去看，了解村民感恩的心，很感念祖先、先民以及水牛幫助先民墾荒的辛勞，所以也很感動，於是電視又加強報導。其實水牛廟和恩主公廟是兩種不同的廟，不過會蓋牛將軍廟，是恩主公廟的關係。

楊：我查網路，也將這兩間廟一起介紹。

林：喔，因為它們蓋在一起。但是，現在附近有兩間水牛廟，一間在水牛公園裡面，是當年的池塘填土蓋農村文物公園時，將原先的小廟加以遷建而有的，另一間是因以前公園外標給民間經營觀光娛樂事業期間，整個園區被高牆圍住，村民要拜牛將軍很不方便，聽說牛神又透過恩主公廟「落籤詩」，說祂被圍在封閉的園區裡很悶，希望能「駐紮」在開放的地方，於是村人才又在恩主公廟前蓋了另一間牛將軍廟，方便村民拜祭。我順便說一下這條牛靈的傳說，當初大池塘填土時，保留兩分地大約六百坪的池塘沒有填掉，是因為村人說不可以全部填掉，如果池塘都沒了，這條金牛就會離開水牛厝，村子也會敗落。傳說很久以前，有個從唐山來的地理仙仔，會作法，發現水牛厝的池塘住著一隻水牛很神，會吐金子，他想要引誘這隻金水牛，把牠牽走，但是要騙牠出來需要用一種草，那種草我們平常人看是普通草，但風水地理仙能夠辨識，他發現在池塘旁邊有一塊地長的就是「金牛草」，傳說中那隻牛會上來吃草，以前有種農作物時，牠還會去吃甘蔗、稻葉之類的。我有個國中同學就說他爸爸曾經看過，就在天未亮時要到嘉義市區去，途中看到水牛吃了一片甘蔗，回程發現那些甘蔗怎麼完好如初呢？才明白原來那是神牛。而我剛剛說那地理仙發現金牛草，因為那片土地是附近一戶人家，姓王，是我以前一個王姓學妹家的土地。傳說當時地理仙對王家地主說：你們這塊地沒有用，任它荒蕪，我願意出高價買下。那地主阿婆很高興就賣了，地理仙離開後，阿婆看到那塊地雜草叢生，對買主很不好意思，便在交割、過戶之前，就幫買主整地除草，結果改天地理仙帶著錢來時，發現：啊！怎麼這麼乾淨，金牛草都不見了。而他也不敢明說原因就不買了！後來傳出這樣的故事，我們村裡的人便流傳一句話：「注定水牛厝不該敗。」那塊地，我後來讀師專的時候，還產生一件奇蹟，就是池塘旁邊有一欉甘蔗長到三層樓高，我以前有拍照下來，和文章一起刊在《中國時報》的副刊。有人說當初長金牛草的地方就是那欉甘蔗的所在，你看過甘蔗吧？甘蔗長到成熟時大概是一層樓左右而已，它有三層樓高，我就問地主，他們說那空地沒有利用，就隨意種植甘蔗，沒想到其他旁邊一整片地的甘蔗種不好，只有種在那小塊範圍的竟然長那麼高。這是跟那隻牛有關的傳說啦。

楊：聽起來是很有趣的傳說，所以老師那時就是給觀世音當契囝囉？

林：對。因為後潭村那間恩主公廟，主神是觀世音。會去那邊當契囝，主要是因為小時候險些死去，因為家裡散赤，營養不良。曾經有兩次是我母親，像人工呼吸，對我的鼻子做 CPR 才把我救起。就因為身體不好，家裡的長輩又比較傳統，所以就把我帶去給神明當契囝。

楊：那後來身體真的就有好轉嗎？

林：嗯，我不知道啦，哈，大概有吧。現在很少生病，但這跟神明有沒有關係，我也不知道。

大士爺祭典

楊：那您在小說中經常提及「大士爺」，這是網路上流傳稱之起於民雄鄉，嘉慶皇帝遊臺灣到打貓郊外，見一筆架山，而大士爺現身的傳說主角是指觀音大士嗎？

林：沒錯，是觀音大士。不過，有些不一樣，既然講到，我順便跟你說。大士爺是我們水牛厝全村的信仰，水牛厝最重要的節日是「大士爺生」，在農曆的七月二十三號。在以前的農業時代，庄頭的民俗節日一到，所有外出的人都會回家，當天會做戲、拜拜、請客吃飯，很鬧熱。當然，別的村落的王爺生或大拜拜當天，我們也會去。水牛厝人拜的大士爺是來自民雄鄉，我聽過一個傳說，多久以前的傳說我不知影，若以水牛厝建村年代來算至少有三百多年了。傳說鄭成功的一名部將葉觀美就是水牛厝的開創者，這可能是真的，因水牛厝人多半姓葉，葉觀美後代還住在村子，村中有間老厝叫「九房公厝」是他們的家祠。

而到底水牛厝人哪一年開始拜大士爺，我也不知影，只知我們村子有這個傳統。牛稠溪，就是朴子溪，從我們村子後面流過，對面就是新港鄉和民雄鄉，以前水牛厝人拜大士爺，祭拜的牲禮都要以人力挑著涉水過河，行去民雄拜，傳說有一年做大水，沒法度過溪，正當大家想不出辦法涉水、很著急的時候，突然有一個陌生的老人來對他們說：「只要你們有誠意，沒法度去沒關係，就面向民雄那邊，把供品擺在溪的這一頭也是可以。」大家覺得有理，就照做了。古早人都很誠懇、好客，拜完後，很感謝陌生老人的提議，都要請他吃飯，但他一個老人又吃不多，大家就分著給，有人請他吃雞最好的部位，雞腿。老人也吃了，結束後，大家把東西擔回家，結果發現，有些部位不是已經給老人吃了嗎？怎麼都完好如初呢？這才恍然大悟，認為那是大士爺化身來指點，從那以後，村人就沒再擔牲禮到民雄去拜，就在村莊的公地上拜，到現在也都無廟，只搭帳棚，後來會在農曆七月二十二號半夜，從民雄迎請一尊用紙糊的大士爺像，大士爺就是鬼王，我囡仔時代看，感覺真恐怖！青面獠牙，很大一尊。拜完以後在某個時辰會把大士爺焚化，就是燒掉，到現在每年都是如此。這個鬼王，我後來從佛經中，才知道是觀世音的化身。觀世音會化作各種外貌，去渡眾生。

意識轉型與「新文化」前身

楊：宋澤萊曾在〈論林央敏文學的重要性〉提到您不管是中國意識時期或臺灣意識時期，都有很多關於本土文化的創作，不知您是否認同關於「中國意識時期」這個階段。又您可否談談這段歷程？

林：咦？這篇曾附在我的一本書裡。

楊：是在《陰陽世間》這本。

林：宋澤萊的分法是事實。早年，中國觀念我是認同的，人家說，越會讀書，頭腦就被洗得越深刻！ 1980 年以前認同「中國意識」，但後來轉為批判，而我的認同要在 1982 年起才開始比較明顯的變化，到了 1984 年已「反轉」到「墜入」作家黑名單。臺灣作家被情治單位約談、請喝咖啡的不算多，我是其中一個啦。到了 1987 年，我的書就被查禁了，之後聽說大眾媒體就不可以出現「林央敏」的名字，也就是不能再刊登我的作品。

楊：那一年解嚴，為什麼您的書反而被禁呢？

林：那是表面解除戒嚴，實際上沒有。真正的解除戒嚴，要到 1990 年李登輝實際掌權以後，李登輝掌權後，他才真正有權力解除臺灣的白色恐怖，到 1991 年，包括那些什麼黑名單才解禁，我也是。我的作品從 1987 年到 1990 年這段期間，是被封鎖的。

楊：老師，談到這裡，就很好奇想問您解嚴前後參與《臺灣新文化》雜誌創辦的過程？面對如今尚在運作的新文化基金會，您有沒有什麼期許？

林：「新文化」是後來的，之前的名稱叫「臺灣新文化」，1986 年是由林雙不、宋澤萊、林文欽、王世勛、李喬、老包（詹錫奎）、高天生等幾位朋友先成立的。幾個月後，他們再邀我參加，之後又有一些人比如謝長廷、賁馨儀、鍾逸人等人陸續加入。當時都是在觀念上已經轉成臺灣意識的人才會參加，或者，才敢參加，或者有的還不敢公開參加，像吳晟，邀他參加，他還有顧忌，不願列名，但他願意出錢。吳晟要到 199 幾年才比較敢公開他的臺灣意識。

《臺灣新文化》從 1987 年以後，超過一半以上都被查禁，這是文化雜誌喔，不是政論雜誌。當時政論雜誌被查禁是常有的，只要立場與國民黨明顯不同，不論週刊或月刊，常常被查禁，所以只好用我的名字登記一本，你的名字登記一本，申請一些雜誌當備胎，這一期被禁後，下一期就換另一本接連出刊。雜誌名稱都取得很像，只是發行人不同而已，當時鄭南榕辦的「時代」系列，「自由時代」系列就是最典型的例子，有時改成「先峰時代」或「進步時代」或什麼時代，把「時代」這兩字印得特別大，反而雜誌名稱印得比較小，其實都是同樣的編者。哈哈，用這個方式來規避被停刊啊！《臺灣新文化》是當時唯一被查禁的文化性雜誌，在第 16 期、刊〈大統領千秋〉這一期出刊後，就被查禁兼停刊。本來官方查禁書刊，應該是要等出刊後他們查看內容「有問題」才能禁，後來情治單位乾脆讓你錢花了之後，就直接去印刷廠搜括成品，完全讓你沒上市的機會，他們可用種種理由查禁，只要不符合官方統一思想的。當然不只《臺灣新文化》，所有他（國民黨）要查禁的都是。像我有一本書叫《臺灣民族的出路》也是被查禁，後來我聽說，書局擺一本要罰 3,000 塊，這本書按定價賣是 120 元，書局也許賺 20 元，但書店擺一本就罰 3,000 元。

楊：當時 3,000 元數目不小！

林：嗯，當時有一次我到美國巡迴，碰到一個同鄉，一個在美國高科技公司發展軍事武器的臺灣人，他拿那本我被查禁的書給我簽名。那次好像在他家還是哪個同鄉家裡，大家開講（聊天）時，談到臺灣的情況，我就問他怎麼會買得到？他說是在臺大附近的書局買到的，查禁以前買到的。

1988 年初《臺灣新文化》被處以停刊後，我們還是繼續出，封面上的大字每一期都取一個新名字，外觀上變成一本書，一系列的叢書，下面才用小小的字印「臺灣新文化」第幾期。

楊：可見得老師的那篇作品有很大的影響性！

林：這我不敢說，被禁未必是單純因為那篇寫暴君死亡的小說。不過〈大統領千秋〉發表後第五天，蔣經國突然死了，又經過三天，這一期《臺灣新文化》才被查禁倒是事實。

楊：那一期的雜誌現在還找得到嗎？

林：我家樓下有一套，後來有把每一期裝訂成精裝的，應該可以找得到。

楊：我會這樣問，是因大二開始曾參與新文化基金會辦的研習營活動，所以對系列的雜誌好奇。

林：你參加的已經是謝長廷辦的《新文化》了。以前我們大部分編務是宋澤萊和林文欽負責，被停刊以後，因為大家都忙著教書，也不方便，後來就花錢請人、請黃怡小姐來編。這是高天生推薦的，她的思想跟我們比較不一樣，表面看起來一樣，但實際上跟大家意識不同。第 17 期以後的「臺灣新文化叢書」，我一看內容，覺得這好像要掩蓋臺灣意識，雖然不會非常明顯，是技巧性的，黃怡邀稿的人在我們看來都是比較統派中偏左翼思想的那些人。所以我們 20 期以後就決定停刊，我也沒再參與，改由謝長廷接辦。那時民進黨剛成立不久，謝長廷在當時算是擔任公職的立委或明星議員中最有臺灣意識和文化理念的，因他是政治明星，比較容易募款，謝長廷接辦後，雜誌改稱《新文化》，等於換了另一本，路線、風格也比較溫和，不像過去文筆那樣犀利，但還是固守臺灣文化這條路。以前《臺灣新文化》所發表的大多是官方不想聽、國民黨想劃掉的歷史，最不希望讓人民看到的文化論述。

楊：所以後來您就沒有再跟他們接觸了？

林：嗯，後來我們這些《臺灣新文化》比較主要的，像宋澤萊、我跟林雙不、林文欽、王世勛，那時他是臺中市議員，還有利錦祥，以前是民進黨籍的國大代表，我們這些人思想模式比較接近。謝長廷接手後，就請一個朋友張恆豪來主編，他們兩人在臺灣意識這方面的思想沒有我們激進。

閱讀史

楊：您就讀輔仁大學中文系期間，是否曾受到學校富有濃厚天主教精神的任何啟發呢？

林：都沒有受到影響，只是更認識天主教，但也認識沒多少。因為學校在這方面滿自由的，學校雖然有宗教上的活動、儀式，但沒有強制學生要參加。若是本來就信仰天主教的人，可能會去參加那種額外的活動，而我，是完全沒有受到天主教學校的宗教影響。

楊：您在 1982 年書寫〈上帝之生〉時，是否多少曾受大學的宗教環境影響，又對於存在主義思想是否有許多接觸？若有，存在主義對您的啟發有哪些呢？而〈上帝之生〉除了顛覆《聖經》上帝形象，也融入儒家、道家的宇宙觀，並試圖提出基督教和中國耶律的淵源，中間寫到上帝將生命樹種到「蓬萊」島上……這些情節表面看來，除了在諷刺筆法間對照東西方宇宙觀、生命觀外，好像有意突顯臺灣的位置，可是又不是很明顯地持續發揮，不知道對於這部分您是否有意提出什麼想法呢？

林：寫〈上帝之生〉時，我有在讀《聖經》，可能也從其他一些書得到對上帝的形象看法，那時也讀了一部分《聖經》。

楊：老師《新約》與《舊約》都閱讀嗎？

林：沒有每一章都看，不過當然從《舊約・創世記》看起，從上帝耶和華最早的這一章開始看，那一篇神話的部分寫得最多，所以那篇我也讀得最詳細。我會寫〈上帝之生〉，應該不是受《聖經》影響，當然我有從中汲取一些我要描寫的東西，當然也有把你說的宗教部分融會到裡面。彼當時書寫的靈感也許來自尼采，尼采是我在 197 幾年讀的，尼采有本書叫《上帝已死》，可能是這樣讓我有一反向的思考，就乾脆寫上帝之生好了，但是內容當然跟他不一樣。

我認為《聖經》，尤其在《舊約》，耶和華形象完全是個暴君、獨裁者形象，這和我讀《聖經》之前對祂的印象認知不太一樣，發現他很像一個人間暴君這樣……

楊：您是否有影射的對象呢？

林：如果要說影射是有啦，但是沒有確定是誰啦，若照小說裡的時間，我也是加以設計過，例如：睡了幾年，又假寐一下就過了一千八百多年，啊一睡就一萬八千年……這又加上中國的神話、歷史，所以他第一次是卵生，第二次是胎生。以前天地像一個蛋嘛，這是中國傳統時代的神話宇宙觀，也有用到盤古開天，各取一部分。胎生的話，也許是模仿耶穌，但也不一定來自耶穌，讓上帝成為人，但說要影射人間暴君嘛，是誰呢？小說最後那句話：「我只知道不是我，因為我比上帝年長，如果不是你，那一定是——他。」「他」到底是哪一個呢？也許是在東方，也可能是臺灣、或中國哪一個暴君，就是由上帝出世（轉世）的，這是我在反映政治的貪暴，所以上帝是否投胎成人，倒不是重點。存在主義的部分也不是重點，存在主義是我在讀師專的時候唸的，大概 18 到 20 歲之間讀比較多這類的書。當然我會這樣寫，也是受到存在主義的觀念影響，所以我才敢這麼大不敬，哈哈！這對很虔誠的基督徒來說，可能會罵喔！

楊：但是小說就是虛構的藝術。

林：是啊，不能把它當真啊！小說雖然反映人事的什麼，但不能把裡面的人物當作完全歷史的、真實的。

楊：那您除了讀過尼采，還讀過哪些西方存在主義作家或思想家的作品呢？

林：當時也看卡夫卡、沙特，包括他們的小說，現在都比較模糊了，多是 1970 年代讀的，以法國、德國的居多，德國是叔本華悲觀主義、法國卡繆《異鄉人》，現在都翻成《局外人》。赫塞的作品像《悉達多》……

楊：就是您在《菩提相思經》這本裡寫到的《流浪者之歌》嗎？

林：對，這有影響到。《流浪者之歌》的原文音譯就是「悉達多」，釋迦牟尼的本名。

楊：那也想請問您的生長世代，大概也會受到文壇的現代主義所影響，不知道您當時在閱讀或創作上，是否曾直接或間接受到哪些臺灣或西方的現代主義作家所影響呢？

林：有啊，我受現代主義影響也很深！我的文學吸收，從小時候起，因為小學課本是教育最直接的，所以最初影響我的是中國古典文學，一直到大學，甚至今天都可能繼續閱讀。另外，國中也會讀到一些白話文，是二、三〇年代的作家作品，這年代的其他很多查禁的作家作品，都是後來、大學以後自己偷讀的。國中畢業後開始接觸現代文學，尤其讀師專以後，大量閱讀現代主義作品，其中余光中的小品詩和散文，我讀最多，無論技巧或內涵都有吸收，至於意識形態，因為那時都是從同一教育體系出來，當然也符合；另外不同派別的瘂弦、張默、碧果、洛夫、白萩、林亨泰等等也都有看。小說則看朱西寧、司馬中原等，不過那時讀小說較少，讀詩比較多，其次是散文。在那個時代，主要受國民黨系統的作家影響，而不屬於國民黨系統，比較有臺灣味道的作品也看很多，例如黃春明、王禎和、王文興、陳若曦、鍾肇政的作品。那時我還是文藝青年，所以我的寫作多少都受他們影響，當時從古典到現代，我同時做縱的繼承和橫的移植，包括文學主張和技巧。

同一時期我也閱讀翻譯本，西洋的、日本、印度的文學作品一直有在持續的讀。受西洋文學影響的包括古典與現代經典，我大概 18 歲時讀荷馬史詩，當時翻譯為文言文，一萬五千多行，讀得很吃力，但埋下我後來創作史詩《胭脂淚》的種子，也讀了一些西方中世紀以後的古典文學。但臺灣人對史詩比較不了解，甚至有些專門教文學課的老師也不大了解史詩。在西洋文學中，莎士比亞對我影響最深！

莎士比亞迷

楊：有沒有哪一部劇作您最喜歡呢？

林：很難確定哪一部最喜歡，因為每一部都喜歡，不過有十幾部是特別喜歡，像《哈姆雷特》、《奧塞羅》、《李爾王》、《安東尼與克麗奧佩特拉》、《朱利阿斯・西撒》、《羅密歐與茱利葉》、《仲夏夜夢》、《暴風雨》、《威尼斯商人》、《馴悍記》等等不止這些，還有他的十四行詩《商籟》和長詩《維納斯與阿都尼斯》也愛讀。莎士比亞的全套戲劇和詩集我都讀過，有的讀很細，讀到都會背了，少數幾部特別選擇部分章節做中英對照閱讀。那是我 19 或 20 歲時，先買幾本零星的，錢存夠了便買一整套梁實秋的中譯本，後來又買了全套的原文本，而且只要有關莎士比亞的，不管買還是借，都讀。其他英國詩人也讀了一些。而比較現代的，像法國的赫塞、波特萊爾、馬拉美，羅曼·羅蘭的《約翰克利斯朵夫》對我影響也很多，其他歐洲國家的作品也有少許閱讀。至於美國文學，例如 18 到 19 世紀的霍桑《紅字》啦、庫柏的《獵人》、朗費羅的詩啦，我覺得美國文學在這個時期的獨立性發展對臺灣人作家應該有所啟示，再後面一點如賽珍珠的《大地》，海明威的小說，還有俄羅斯文學，俄羅斯的小說家都寫那麼大部頭，以前會嚇到，讀得多以後，才發現大部頭的——當然前提要寫得好——才更能展示這個作家的能力、才華與內涵。閱讀範圍包括「古今臺外」，或者講古今中外，意思一樣啦，能夠讀的話就盡量去讀，讀外國文學通常也會讀一下他們的文學史，了解哪些是重要的，重要的優先讀，例如日本文學，我就是這樣讀。我認為《源氏物語》如果用現代的眼光來看，它並不是藝術性非常高的一部小說，但是在那個時代能寫出這樣的作品已經很不簡單，很多內容都是不可思議，皇帝的許多妻子都可以變成兒子的妻子亂倫。我發現有很多西洋古典、古代文學，絕不輸給現代作品的技巧，像荷馬、維吉爾、奧維德、但丁等人的作品。我覺得一部真正偉大的作品除內涵以外，「文字」的美質、傳神與精確也很重要，結構也要非常美，這都要具備的。

臺語文學的推手

楊：我在讀老師的作品，因為先閱讀的是後來這兩部長篇《菩提相思經》、《胭脂淚》，再回頭讀短篇小說，發現老師從過去寫作至今文字語言上有很大的改變。

林：嗯，可能啦，有很大的改變，但是也不見得叫大改變，可能是：哪些作品我這樣寫，哪些作品我那樣寫。比較單純的寫實跟鄉土寫實那類的，可能文字比較樸實一點；如果是抒發自己的感情，文字可能就比較注重文學藝術。

楊：我覺得比較難得的是，其實很多作家在推動臺語文學寫作，可是做為讀者，我很少能真正讀到語言文字駕馭上比較純熟、優美的作品，而《菩提相思經》整部以臺語讀來其實很順，而且很有那種「氣味」，有詩性的美感！

林：這需要很多技巧，多種創造精緻文體的能力，我就是有這種能力吧，哈！自誇了。而且那不只是讀起來像臺語而已，要有藝術美感。一般人寫的臺語文學作品，念起來可能也是很有臺語的味道，但是比較沒有轉換成文學性的語言，沒有把它美化。

楊：您現在依然堅持將來（臺語文）要全面羅馬拼音嗎？

林：喔，是有類似主張，但沒有堅持。這一本全部都用漢字，括號裡的羅馬拼音是用來標音的。

楊：以前讀過您寫推動臺語文的論述，是希望以全面羅馬拼音為終極目標。但是我讀完《菩提相思經》，在想，其實用這樣漢羅合用的書寫方式，也不錯，而且讀者可能更廣。

林：我在 1988 年出版的那本書（《臺灣人的蓮花再生》）是這樣提沒錯。我認為，文字就符號而已，能夠記錄出語言，什麼符號都無所謂，越簡單越好，甚至應該走向拼音化，所以要全面羅馬化也可以，我那時是這樣主張，但不是指立刻，是需要長時間當過渡，即使終極目標是羅馬化，也要慢慢來，最主要是先救臺語啦。如果漢字做得到，用漢字也可以啊！以前受教育的人少，所以教他拼音比較方便，現在大家幾乎都識字，就應該用大家都懂的文字開始，大家都學漢字啊，而臺語也是漢語，用漢字來表達臺語也是比較少麻煩，一般人比較容易接受，所以也是要由漢字開始。我這本書括號裡的算是「注音」，不完全算是羅馬字，刪去也可以。

楊：不過這也具有保存讀音的作用。

林：對，是給一些不知道要怎麼讀那個音的人參考，因為我們沒有被直接教學臺語，才需要這樣。如果臺語也像華語、所謂國語這樣從小學教，教十年好了，我們寫文章就不需要注音啦。

另類「孤兒」文學

楊：在您一篇與臺語文提倡有關的短篇小說〈陰陽世間〉，我們讀到一個曾為國民黨服務的知識青年，在兒子被綁票期間以至撕票後，對自己展開反省，包括個人的自責、時代的罪惡，當許清城為兒子走訪陰間，與父親展開系列對話時，許父假陰間的各種懲處，斥責許清城沒有教孫子許念中講臺語——甚至從「念中」的命名可能足以看到許清城的意識——導致陰魂可能被分配到「中國場」，在陰間成為真正的「孤兒」，無依無靠。

我覺得這篇很有創意，讓我讀到類似民間鸞書的地獄遊記，又窺見一名知識分子回首來時路所產生的愧疚，同時也看到您對蔣介石文化語言政策上的批判，不過，我更感興趣的是您設想的陰間，是分成各民族的，如：臺灣、中國、日本……等，依照陰魂和審判者的對答語言，分配到不同地方，由此可見您的臺灣意識、地域觀以及長期關注與實踐的臺語文態度；不過，我好奇的是，倘若人有靈魂，難道人死後的輪迴或意志，仍然超脫不了民族、國族、地方性嗎？國族意識在您觀點下，是高於普世性的宗教信仰嗎？

林：〈陰陽世間〉的主要想法是思考，怎麼樣讓我們臺灣人重視自己的語言，祖先的語言、祖先流傳下來的母語哦，這是其中的一個點啦。也就是說，要傳播或教導人家了解臺語意識的重要性，除了用明講的方式以外，也可以用文學藝術的方式，把這個主題用小說來反映。這一篇反映要有臺語意識、臺灣人意識……，所以創造一個這樣的世界。

楊：就是一種寫作策略？

林：也是策略，也可以把它當作純粹的一篇小說，表達應該保存、延續族群語言的意識。

我會寫這篇跟綁架案有關的小說，也是因臺灣第一次造成大眾媒體持續在報導的綁架案，應該是陸正那一次，你聽過嗎？最近又重新報導，這應該是二十幾年前的事了。這個綁架案給我靈感，但我不是在寫它，完全無關。這陸正後來被撕票，間接給我一些靈感。我在小說裡要隱含政治、族群、語言意識等母題，所以才會設想地獄也分國族的，這個分不分、我們當然不曉得，有沒有地獄我們不曉得，因為從來沒有一個旅人，到陰間的旅行者回來告訴我們那邊環境怎麼樣啊，去了都沒有再回來的。

但我們可以按陽間現象假想陰間也有分啊，當我們在陽間的時候放棄了祖先的語言，結果到陰間就被送到完全陌生的地方，成為「孤兒」。對有陰間信仰的人，他讀到這篇，會不會引發他一些語言上的思考而領悟民族母語的重要，當然這篇也間接反映臺灣文化被壓迫的現象。後來我又把這個主題、理念加強，寫成〈還鄉斷悲腸〉，就是勸君莫還鄉，還鄉須斷腸，這篇是陰間的人放長假回來陽間。

楊：這是劇本？

林：嗯，對，收在《斷悲腸》劇本集裡，是當中最重要的一篇。〈陰陽世間〉主要是講念中的父親在墳墓懷念兒子，睡著，結果靈魂到陰間去，碰到他父親的靈魂，交談之間，為了擔心他兒子念中，奮不顧身跳到河裡，跳到忘川，結果醒來，發現做了個夢。你看，像「念中」這名字，就是被洗腦的臺灣人，以中國為重，而且這父親曾經是黨員，又是教授；而〈還鄉斷悲腸〉劇本裡主要的角色都是鬼魂，你在讀的過程也許會發現哪一隻鬼魂可能呼應到哪個歷史人物，你可以觀察他死的年代、住在哪個地方，對應他們可能是哪些人——這篇也談臺語意識，因為陰間的鬼魂好不容易放長假，閻王放假讓他們選擇某個節慶日回到故國家鄉探望親人，而那些鬼魂後來都失望了，以後都不想再回臺灣了，因為後代都「變種」了，都不會講臺語了。用論述的方式表達臺語意識，我寫最多，而用小說藝術傳達臺語意識，應該也是我寫最多，有詩、有散文、劇本、小說都有。

楊：老師，過去您對長老教會的推崇，除了由於基督教長老教會把「臺灣主體性」納入考量外，是否也主要與臺語文白話字的保存有關係呢？

林：我對長老教會的肯定，最主要是因為他們對當地本土文化的尊重，還有對人類自由的追求，以及平等、博愛。重視人權，對不義、不公勇於揭發與反抗，也願意扶助弱小，這幾點是我對它肯定的原因。至於保存臺語文倒是比較其次，因為當初他最主要也是為了傳教之便，並因應當時民眾普遍不識字的環境，所以傳入羅馬字來書寫臺語，如果傳到其他地方，比如廣東就用廣東話，在北京就用北京話，臺灣當時識字的人少，當然就會用他們那一套羅馬拼音字。這是比較方便的，未必是出於保存某個地方的文化的動機，只是間接出現這種效果。像現在就不需要啦，以前在廈門，《聖經》是用羅馬拼音寫的，然後再傳入臺灣，現在全部改成漢字了，讀起來也是臺語啊，當然也有華語版本的《聖經》。

臺灣意識在世界主義之前

楊：您剛剛不斷提到臺灣意識、臺灣人意識，那早期您曾以哪吒神話做為《臺灣人的蓮花再生》一書序言，傳達建立臺灣意識的重要，您在書中也提及臺灣基督教長老教會是真正把「臺灣主體性」納入考量的宗教，想請教您如今再思考相關課題時，您認為有沒有哪一種神明最能代表臺灣精神呢？

林：哦，對，你剛才還有問到〈陰陽世間〉：「倘若人有靈魂，難道人死後的輪迴或意志，仍然超脫不了民族、國族、地方性嗎？國族意識在您觀點下，是高於普世性的宗教信仰嗎？」如果你要問這個問題，我認為鄉土、國家、國族的文化觀念是比世界主義更早存在，或者對一個人來說應該更重要，死後也一樣。不過，也許人死後什麼都沒有，一切都是空啊，假定靈魂存在的話，我認為還是受到生前的——這是我的宗教觀啦——各種影響。例如他生前的信仰，不只是宗教信仰，也是對於人、對於神等各種想法的影響。

對我來講，我要成為一個人，同時也要是一個臺灣人，必須要有這些才會是個健康的世界公民。如果只是個世界公民，那個是空的、沒有根的！一個長年住在臺灣的人，說我只當世界公民，不是臺灣人，我覺得這是一種虛幻的，也許他說那是超越，但我覺得「超越」只是故意用一個好看的名稱來逃避，有些東西是不能超越的啊，除非你死掉了，死掉了就不是人了，才能說超越地球、超越統獨、超越現實的什麼。所以我認為死後，要是還有靈魂、還存有人的意識的話，還是會受到生前影響。所以，我才會設計〈陰陽世間〉這樣的構想。

追隨地藏精神

林：而你剛才說，最能代表臺灣精神的神明，臺灣人自古拜的神不一定都來自臺灣。我的觀念裡，因為我不知道這個宇宙間，或者不管哪一度空間，一度兩度三度或第六度，到底有沒有神或鬼，這個我不肯定，也不去相信，我不願意主動相信有神。因為我一直沒有辦法看到神或做這種證明，相對的我也沒有能做反證，所以不敢去否定啦，只能假定有，但我目前還是認為神明是人創造的，人按照自己想法或期望，想要有那種超越現實、超越人類、超越時空、超越什麼的能力或靈力，所以才想出神明這個東西，我們就假定宇宙空間真的有神。目前臺灣人所信仰的，也許不能稱為有臺灣代表的神啦，咦，你的問題是說……

楊：比較能代表臺灣精神的神明……

林：做為臺灣人，在人世間，目前最需要的精神是要有綜合悲憫、救苦與受難的精神，哪個神最能代表這種精神呢，我認為就是地藏菩薩。地藏菩薩最能代表我所希望應該有的精神，當大家受苦受難的時候，我也願跟大家一起受苦受難，意思是這樣啦，這個書（指《菩提相思經》）裡面也有寫到，要站在最底層、受壓迫者的立場，與受壓迫者共同奮鬥、共同抗爭。地藏菩薩本身可以成佛，但祂不要成佛，祂就是要先解救眾生，要大家都脫離苦難，才算完成使命、完納責任、了卻誓願，范仲淹講的「先天下之憂而憂，後天下之樂而樂」也類似這種精神，這種精神我非常佩服，這是我幾十年來非常信仰的行為跟觀念，地藏王菩薩是這樣的神；我認為耶穌也有類似的精神，其實不只是地藏王菩薩，在佛教的思想理論裡，所有的菩薩都要具備這樣的心胸，有這種精神才叫菩薩！只是地藏菩薩講的話跟祂的表現最為明顯，咱讀過的，我不入地獄，誰入地獄，當然伊話不是這樣講的，祂是說「地獄不空，誓不成佛」這一類的，祂要渡盡眾生，才要成佛。我是想，臺灣很需要這樣的精神，因為神是讓我們信仰祂的、學習祂的、崇拜祂的，這樣的精神應該是我們要去效法、尊敬的。

如果不是這樣的神，我認為對人、對生命的幫助不大啦。像那種保庇你賺大錢、長命百歲、升官什麼的，就太世俗化了，神如果只是保庇這些，那我認為層次也太低了。這個問題，我想只能這樣講，臺灣最需要這種神，不能說最代表臺灣精神，因為從實際看，要代表臺灣精神或反映臺灣的信仰現象，五路財神最有代表性，臺灣民間世俗追求的是這些，追求健康財富啦，臺灣很多人都是這些想法，所以這樣的神特別興盛，這就代表一種臺灣精神了！

記憶像水波

楊：您曾提到譜寫《菩提相思經》過程曾閱讀《彌蘭王問經》，這是一部南傳佛教的佛經，又稱《那先比丘經》，和一般大乘佛經有別，較類似於譬喻文學，其中包含印度比丘那先與當時（西元前二世紀後半葉）西北印度的國王彌蘭陀論難，而使之歸依佛教的經過。其內容主要由那先比丘與彌蘭陀王相互對答，闡明緣起、無我、業報、輪迴等佛教基本教義。想請問您可否舉列若干您小說的思想內涵，是深受《彌蘭王問經》的譬喻或觀點啟發呢？

林：你有帶《彌蘭王問經》喔？

楊：這是其中一個版本，書名是《那先比丘經》。

林：我在註解有寫到這本。

楊：對，我就很好奇老師受到哪些想法影響較深？

林：你這是節錄版，完整本很大本。我受到影響的地方很多，現在已經忘了，我的《彌蘭王問經》放在嘉義，無法細講，不過有些地方，我還有印象或有特別感觸。我發現這個彌蘭王哦，跟這個那先比丘，他們的對談有的像辯論，屬於形名學的應用，跟理則學類似，像白馬非馬就是形名學其中一個，他們關於佛法的說法有一些論辯就應用這個技巧。當然這個我也會，因為以前也讀過形名、理則學和語義學，受過訓練，很容易可以看出一句話的意義所在。

這其中我記憶比較深刻的，應用到這本書（指《菩提相思經》）來的，是關於心跟念、記憶的部分，因為我這本小說也要傳達記憶這些東西，我們臺語說「起心動念」，《那先比丘經》也有關於這方面的論辯吧，如果不是論辯，至少這和尚一定有談到關於記憶、心、念這一類的問題給我一些靈感，我才開始動筆寫這一本。我寫《菩提相思經》當然不是為了《彌蘭王問經》，是一直醞釀幾個冬，很久，攏沒動筆，只是閱讀、構思、編輯材料這些準備工作，總是不知道要怎樣下筆，一直到讀《彌蘭王問經》彼段關於記憶的部分，給了我較直接的動力，我就開始寫了第一品。當然我講到記憶的部分，跟佛經裡的不完全一樣，我想，我這小說談到的部分又比它談到的更完整了。

楊：在一開始的地方〈如是教我〉這裡有寫道：心像水，念像風、像石、像動力、像能源、記憶像水波……

林：對，這是從小說本文擷取出來的。在 12 頁下面這邊，他們談到記憶放在哪裡，文中「人用心記憶，心就是記智，所以記憶园置心內。」師父又問他：「有心記它，所以會記之；無心記它，所以昧記之。咁是這樣？」然後，他點頭應是，師父接著：「也就是講，你所昧記得的代誌攏是無心無意做的，或者攏是你置無心無意的狀態彼時所做的是否？」他回答：「這、這、毋是，有心咧做原在有去互昧記哩的，無心咧做宛也有會記哩的。弟子愚昧，請師尊點化。」師父說：「所以記憶在念不在心，念為心之本，情所寄附、意所收藏的所在。你是毋是會感覺著有時陣你真用心欲想某一件代誌，但是煞想昧起來？」咱人都有這種現象嘛，你咁有？

楊：對啊，這可以體會。

林：哈哈，有心要記一件事但是有時就是想不起來，有時候忽然又想起來。他接著說：「嘛感覺有時陣有心欲做一項代誌，嗎過目一聶擱互昧記哩，就安無法度去做。」「這叨對矣，動心起念才有記憶，干單動心而無起念，千思萬想嘛不可得。記憶得失全在念起念滅之間，情意也如此。」師尊講了，轉身看溪流，停一時仔久，擱接落去講：「心像水，念像風、像石、像動力、像能源、記憶像水波。有人就算伊心如靜水，但風吹或地動攏會擾動水泳，水深泳大就變涌（湧）。」

「泳」跟「涌」的差別你知道嗎？其實這兩者不同款，泳是一般較小的水浪，海才有涌。一般的泳，你在海邊就可以看得到；但是涌，體積很大，向下、向上，如果一艘很大的船，它可以舉起、再放下，那種範圍很大的、會高低起伏的才叫涌。而一般人都不知道，只說是泳。

楊：這段的用意，也算是陳漢秋他後來寫下這本流浪記的原因吧？

林：對，像「記憶得失，菩提種在世間，也在世間證菩提……」這是我寫的、我編的哲學啦，所以《那先比丘經》只帶給我靈感，可能也還有其他影響啦。而《菩提相思經》涉及的哲學、或佛法、或譬喻、寫作方式，不一定都從《那先比丘經》來的，有些是出自其他佛經，甚至有些是我自己想的，像十八品的「情法輪」完全是我的觀念創造，那是我編的，補充釋迦牟尼沒有講到的部分。

愛情也是一種修行

楊：那段是小說裡很重要的創意，我很喜歡。書末以空茫上人講「情法輪」一段，試將世間難解的愛慾經由佛法詮釋，找一個超越的說法，當然其中夾雜您個人從各種經典文學中體會的感情詮釋。想請教您在譜寫這段時，是否受到什麼佛教經典段落的啟發，而有體悟與轉化呢？

林：那一段自成一個系統，成為一套愛情哲學體系。像釋迦牟尼提到三界六道，小說就變成四界七道，那也是我補充改造的，但也不會跟釋迦牟尼說的造成衝突，因為新增的無塵界雙天的有情眾生不會輪迴。

十八品講「情法輪」的部分可說幾乎都是我的創造，或者說杜撰和詮釋，不過裡頭有些內容取自佛經，像修行境界的等級、輪迴與超脫輪迴、蓮華色女的故事等等，倒是在其他章品裡有較多動作、內容和寫作技巧是從佛經體悟或轉化而成的，比如第九品中蓮音寺主持與陳漢秋的臨別對仗句「孤行千山無掛礙，一步萬里現如來」，就是佛法境界的修辭應用；像十六品中的自在天女及對魔女的淫蕩描寫和那首七字仔都是襲用佛經情節，再加以改寫；二十品中描寫空茫上人回答釋一愁關於師徒將在未來再相會的機緣時，只說「緣盡時」，卻不明說時間，只是微笑著摘一片樹葉丟到溪裡，引徒弟的眼光順葉片隨流而去的禪悟動作，就是「拈花微笑」的轉化寫法。又如見山是山、見水是水的公案應用，前半段是古早人的解釋，最後面是我新添的解釋。其他例子，我就不多說了。

佛學的啟發

楊：上次與老師通信中，您表示為了創作《菩提相思經》，開始接觸大量佛經，不知老師可否談談接觸佛經的始末，例如，哪些佛經對您的文學與生命觀啟發較大？尤其您譜寫臺灣史與白色恐怖，運用了諸多佛教義理，以讓小說人物有一超脫的可能性，那麼佛教義理對於您個人的影響是如何呢？

林：在很早以前，就有斷斷續續或部分的讀過其他佛經，那時沒有像要寫這一本時大規模的閱讀，以前讀的時候就有些概念，不過都沒想到有一天會寫《菩提相思經》。

咱在臺灣這樣的環境長大，加減會接觸到，也會想主動去接觸，或以前有些同學、朋友是虔誠的信仰者，咱也跟著信仰佛教的朋友間接吸收。後來為了寫這本小說才大量接觸，我才發現佛經原來那麼多，在書裡頭也有提到，大藏經攏總、概稱四萬八千法門，我有透過小說裡的師父介紹大藏經分三藏啊，經藏、律藏、論藏，三藏總共十二部，這十二部每一部，有的是幾百本、幾千本，但有些「一本」很短，只有一篇或一章就叫一本，例如《金剛經》是經藏什麼部當中的一本，《阿彌陀經》也是經藏某一部裡的一本！很多很多，我有讀並且讀得比較完整的，大約 100 本，一般大家知道的，我大概都有讀，甚至包括可以延長壽命的經、治病用的經，例如也有一本光念就能使痔瘡好起來的經，這些奇奇怪怪的也都有讀過。讀完《三藏》且精通才有資格被稱為三藏法師，咱以前都以為「唐三藏」是伊的名字、法號，其實不是，伊是唐代精通三藏的高僧，所以大部分法師都不敢自稱是三藏法師啦。

我雖然大乘小乘都有讀，但也只是一點點而已，原始佛教的也讀，如《阿含經》，它神話色彩較少。到了大乘，那是釋迦牟尼死後四、五百年之後才有的，大乘經典有很多，如果以我們學術觀點來講，多是「偽經」，是假冒的，所謂偽經，就是講，它當年也是某人或者某個大師寫的，但卻假託釋迦牟尼講的，所以是偽經，例如《佛說三世因果經》啦、大家很熟悉的《佛說地藏菩薩本願經》，它只是為了創造或詮釋這種受苦救世精神，而模仿一些佛經的寫法寫的。像我這個《菩提相思經》十八品，就很像一部佛經啊，前面每一品都有點類似啊，第一品跟第十八品，完全跟大乘佛經的佈局方法、敘述方法一模一樣，通常佛經——不管大乘或小乘——前面都會說：「如是我聞」、「我聞如是」或「如是聞」，那個「我」就是阿難，是釋迦牟尼的徒弟，也是姪子，而釋迦牟尼的兒子，羅睺羅也是後來變成他的徒弟。《阿含經》就是阿難寫的，裡面說的「佛說」才真的是釋迦牟尼佛說的，所以只有《阿含經》才是真經。《阿含經》就比較少神話，但不管真經或偽經，我在小說裡也有強調《阿含經》，由空茫上人來告訴陳漢秋（釋一愁），也有批判到大乘的一些虛偽、好大喜功，以及大乘佛教的一些錯誤，想要一步登天嘛，這種做法是不對的，在你還沒有智慧的時候，就應該按部就班的學習、修行。在354、355頁這邊，寫道：「你抑會記得以前我捌講你的記智昧輸阿難否？」「會，師尊講伊是佛祖的叔伯小弟……」

因為阿難記憶最好，所以在釋迦牟尼涅槃以後，大家推舉他把他們老師說的話記落來，其他曾直接聽過釋迦牟尼講法的再一起來對照看看有沒有記錯，就是一人先寫，再眾人共同校訂，那一套就是《阿含經》，由阿難尊者「憶唸釋迦在世說法的內容，同時由四十個捌親目看著釋迦牟尼佛話轉法輪……」這四十個人的說法比較可信，有的佛經說「五百個」，應該是錯的！以前一個山洞、一間房子怎麼可能擠得下五百個人？《阿含經》不是一本，是一抱的簡稱，有分長阿含、中阿含、增一阿含、雜阿含四部分，南傳佛教將它分成五部分；355頁這邊，就有批判到現代人的一些暴發戶式的修行做法：「去互《維摩詰所說經》、《大方廣圓覺經》、《大乘起信論》茲个經冊的話句影響，致使執著名相錯見，毋知小乘是大乘之本，以為三成四道分途無仝，煞重視大乘，鄙相小乘，而且好行大乘方便門，想欲一步登天，所唸只是幾本大乘經冊，這種給遠燈看做近火，干單想欲搶目前光的修道，歸尾置這岸，做空夢。」

關於佛經在文學與生命觀有給我什麼啟發？其實，

我都先把宗教裡的思想先當成哲學——現實上的我是這樣；但應用在小說時，如果角色是很虔誠的信徒，就把它當宗教信仰來寫。所以，在文學上是多少有幫助到我寫《胭脂淚》及《菩提相思經》。而生命觀方面，最大的影響應是加強我本有的信仰，更加愛護大自然，加強我認為人類對世間萬物要有愛惜和尊重的慈悲，比如對待小動物，以前認為那是低層的、比較沒有價值的生命體，後來就比較不會這樣。至於所謂「六道眾生都有平等的佛性」這個看法，我基本上不認為如此，這跟思想、智慧有關，我不相信一隻雞會懂某種哲學，不過人類既然是萬物之靈，就應更懂得尊重其他生命體的生存權，關照弱小，應該更有反省能力，消除自私、佔有、損人利己等等劣根性的作用，這樣，人類本身也會更加平和。這是我看佛教義理，及其他也有類似理念的事物，加上自己的思考所產生的體悟。

楊：《菩提相思經》的每一品您仿「佛經」開頭寫道：如是我聞。有時則寫「如是教我」、「如是我讚」、「如是我嘆」等，又常以臺語書寫簡短如詩的一句話，或為義理上的體悟，或為社會之批判；又在小說中經常以不同語言對照相近的佛教義理，如 131 頁將《佛說父母恩重難報經》譯為臺語白話，這樣的做法，令我聯想到宋澤萊曾批判戰後來臺的大乘佛教團體幾乎不學臺語、不以臺語傳道之現象，而您這樣的寫法恰可藉小說藝術實踐宋澤萊所說的某種缺憾，不知您對此面向有怎樣的看法呢？

林：這本小說也有提倡重視母語啊，而且直接用釋迦牟尼的話講，應該是在十七品這邊，他（釋一愁）師父不是要他來做筆記嗎？整理法會的資料，他說佛經都是用古文翻譯，但我古文的能力不好！他師父就說，我用臺灣話講經，你就用臺灣話記錄整理就好，接著就說了釋迦牟尼的故事，釋迦牟尼有兩個弟子是貴族子弟，很輕視其他不是貴族的人，輕視那些人講的話不是統一的語言，認為講方言沒水準，建議釋迦牟尼規定弟子以後要用梵語傳道，釋迦牟尼就批評說不可以這樣，並且鼓勵大家用母語。

我這裡也是有要藉宗教的信仰或力量來發揚尊重母語、使用臺語對臺灣人的重要。我認為一個人、一群人只要不搬離本國故地，母語、族語應該永遠是他或他們的第一語言。而人群中有宗教信仰的多，要是讓信徒了解他們尊崇的偉人或神明其實也很尊重母語、鼓勵母語，臺灣的佛教界能多用母語講經說法，一定對保存臺語、挽救臺語很有幫助。另外，我也希望現代的佛門高僧或佛學專家應該選擇一些重要的佛經，用白話將它們重新翻譯，我是指忠於作品的翻譯，不是正文參雜說明的解說式翻譯，這樣比較能方便讀者或信徒清楚了解佛法，又能保有原作的文學內涵。所以小說中的某些引用佛經本文的所在，我特意將它譯成臺語白話，這除了基於寫作需要，在反映和描述主角讀經的方式外，也含有我對現代人研讀佛經在方法上的一種看法。

《菩提相思經》之旅

楊：故事中的碧天寺、空茫上人是屬於日治時期留下的寺院、僧團嗎？

林：碧天寺的由來可以看十二品，寫到它何時建的，這裡寫了一部分，後面還有提到，在 322 頁寫到它的建築特色，接下來寫到它的歷史，現在來看應該已經兩百多年，所以是清朝時期建的。第一代法師是從泉州來的，這間碧天寺，你如果要講實際所在，我是以「碧雲寺」及當地的地理環境為藍本寫的，碧雲寺在關仔嶺上，小說中改名「碧天寺」，枕頭山改成「枕雲山」，如果有機會你去看，以前有首歌叫做〈關仔嶺之戀〉，關仔嶺是日治時期的臺灣八景之一。十二品寫廟的外觀，釋一愁看到的那景，是保留下來的舊建築部分，若你去對照，應該是一模一樣的。這裡因為有地下湧出的泥漿溫泉，方便把「鹿窟村存亡錄」這一品的場景和地獄景象做順勢聯結。

楊：有機會再去田調實際走一趟。對了，您在〈訣別情愛赴劫品〉中，提到陳漢秋曾住在翠玉暫無居住的厝，稱之「東寧夢土」。東寧讓人想到明鄭王國，夢土或指故鄉或指臺灣此地，不知您當初命名的用意為何？

林：《臺文戰線》第二期，胡民祥有一篇論文〈初探《胭脂淚》及《神曲》的民族國家夢〉，曾解說到類似你問的問題。我在《胭脂淚》中寫到的東寧夢土，是可以和東寧、鄭氏王國扯上關係，但主要是象徵意義而已。那所在，在《菩提相思經》中又有寫到，陳漢秋多年以後再去那個地方，發現東寧夢土在地震後崩塌了，那所在就是臺南市東寧路尾，從臺南後車站走出去，附近有條東寧路，東寧路尾附近以前叫後甲（埔），當時還是鄉下，所以這是實際的所在，有路名嘛有村名。

楊：這地方對老師曾有特殊意義嗎？

林：哈哈哈，是……有一些意義。這書裡面有很多寫到的地點，攏有現實上的意義，所以其實可以來個《菩提相思經》之旅，有很多地方值得去遊玩或田調的。

楊：去挖掘老師的祕密。

林：哈哈，不一定是這樣啦！挖掘的話也有啦，這將來可以看我的日記，文學館曾跟我要，我就說等我死了以後，真理大學、賴和紀念館也曾跟我要，我說，有的東西等我死後再看，有的等我七十多歲以後再看。

我的日記簿在以前都是三、四百頁的那種，像「憶難忘」、「勿忘我」那種系列，有年月日、天氣欄讓你填寫那種。

楊：所以老師一直都有在寫日記？

林：嗯，但現在比較少寫了。我 16、17 歲時，最多一個月寫一本四百頁的日記，有時候日記都變成創作，有很多想像，當然這也是日記，這種本子不管是筆記本還是日記本，資料很多。

楊：您剛才說到的東寧夢土，我忽然想到陳漢秋生命中有很多個女性，其中一個「李幸珍」，好像被三言兩語帶過，可是至少比起陳漢秋沒有名字的妻子還重要，所以我很好奇這位女角出現的意義？

林：她是在《菩提相思經》才出現，就在主角心緒混亂時出現，應該是在第十六品，當時因為師弟悟明和尚破戒，使他受到心魔影響，無法禪定，才想到公學校（小學）時代的女生李幸珍。這裡寫法又有些不一樣，第三人稱敘述寫到這裡突然變成主角在自述，講完這段又突然恢復第三人稱的敘述。為何會出現李幸珍以及敘事法的突變呢？是因為、同時也是反映主角當時心緒嚴重陷入情劫，所以幻夢式的自在魔女就引出主角小學時代發生過的一則記憶很深刻的愛戀出來，企圖破壞他的修行，這則記憶當然是拿我的經驗來寫啦，哈。

楊：那小說中陳漢秋的生命中就是出現四個女性：他的妻子、葉翠玉、林惠貞、小學喜歡的李幸珍，這樣對嗎？

林：嗯嗯，在他生命裡面算是比較重要的，有的是小時候，因為記憶深刻，便在那種狀態下浮現，就像天魔會擾亂人家修行，這是佛經寫到的，天魔就是要擾亂修行人讓你修不成，也是一種考驗，有些修行人克服不了而走火入魔，或假借宗教之名以騙人。而他（指釋一愁）是經過這天魔考驗過的。

十九歲的心苗，新世紀之巨作

楊：您的史詩《胭脂淚》和宗教、歷史、愛情小說《菩提相思經》均出版於 21 世紀，相較於您 20 世紀的小說創作，明顯加重了厚實感。您認為 21 世紀後出版的兩大著作在臺灣歷史時間軸與您個人生命歷程，各自具有什麼樣的意義？

林：其實這兩本都算是史詩啦，《胭脂淚》包含歷史，是史詩，《菩提相思經》是史詩型小說，是所謂的「現代史詩」，不過只有《胭脂淚》是狹義的史詩。史詩最簡單的定義就是，用詩的語言寫的，內容包含歷史的小說。若沒有歷史，就只是一般敘事詩；若沒有故事，只是詩很長，那是小品詩的擴大，或長詩。所以，一定是要敘事詩、要有故事、歷史，才算是「史詩」。我一直覺得臺灣文學沒有史詩是臺灣文學的一大缺陷，而做為一個詩人，要把能力完全展現，應該寫長篇敘事詩，你寫一千首小品詩，應用的能力可能比寫一首史詩還要簡單。西洋人以前說要有能力寫史詩或長篇敘事詩，才有可能成為大詩人。我認為，如果你有大詩人的才情，一輩子都只寫小品詩，那是懶惰和浪費天賦，也沒盡到詩人之責。我是站在臺灣沒有史詩作品的立場，所以曾立志一生一定要創作至少一本史詩。

楊：這是在老師 20 世紀就有的想法了對不對？

林：我要寫史詩的想法大概是 19 歲左右，我那時有嘗試先寫敘事詩，從薄伽丘的《十日談》選擇素材，將它改寫成敘事詩，約五百行，題目叫〈真可惡啊！誰偷去了我的花盆？〉。在《胭脂淚》的自序中，有提到這首敘事詩，語言模仿莎士比亞，說是憑空創造的敘事詩，後來我才想到故事不是我創造的，是取用薄伽丘的故事加以改編的！現在我順便訂正這一點。後來讀了更多史詩作品後才更了解史詩，但在《胭脂淚》之前都寫得不夠好。之前有寫一篇〈鴨母王之歌〉，只寫到一千行左右，還沒有完成，以後有時間會重寫。

我就是很遺憾臺語文學和華語文學沒有史詩這樣的作品，臺語以前有七字的歌仔，有些雖然是敘說故事，但都不是詩，中國也沒有大型敘事詩，不過中國境內的少數民族有。西藏、蒙古、雲南、貴州都有比較大型的，雲南那個《蘭嘎西賀》是從印度的《羅摩衍那》部分情節改編過來的；貴州傣族也有留下作品，印象中好像叫《瑪納斯》；西藏的《格薩爾》是目前發現最長的，有一百萬行，本來是印度那本《摩訶婆羅多》最長，有十萬行，喀爾喀孜的《江格爾》是還在整理中的史詩，這些雖然產生在中國境內，但都不是漢語寫的，我也只有讀一部分章節而已；但西洋史詩，我大概就讀完整版。讀了更多史詩後，發現漢語文學沒有這種作品，就立志要寫，但這太難了，直接用詩來寫小說，難度多好幾倍。《胭脂淚》就寫得讓我嚇到，不敢再用詩敘說故事了。

《胭脂淚》之後，再寫《菩提相思經》，語言上就輕鬆多了，當然《菩提相思經》在結構、情節上又更複雜，總是散文筆法比形象化的筆法簡單許多，雖然《菩提相思經》也有很多詩化的段落或語句，但不必像《胭脂淚》那樣通篇要講究。而在 21 世紀出版這些作品，當然就是希望臺灣文學有這樣的作品，特別是臺語文學，因為大家輕視它、輕視它不能寫出大的、優美的文學。其實所有語言，你只要有讀說寫作的能力，能力夠，技巧夠，所有語言都能創造出優美的文學。而臺語，又比其他語言更適合創造臺灣的東西。因為那個時代，臺灣人主要就是用這種語言講話、思考，所以更貼近、最符合時代社會。就是有這些想法才努力用臺語寫，要不然我用華語寫會更容易做到，更輕鬆完成。

楊：不過也因為語言上的難度，就提升了這部小說的價值。

林：對啊，這樣寫也是希望提昇臺語創作的內涵，另外也希望讓臺語本身可以文學化，要抒情、要說理、要把哲學化做詩都可以，像 196 頁「天氣漸漸轉涼，秋天目一聶叨去互冬天偃倒，親像山頂的大樹欉，免兩點鐘叨互阮鋸斷，草木若有神經，規座山谷一定哀聲不絕日透暝，……」所以，我也是有這種算是理想或使命要為臺灣文學、臺語文學留下這些東西來，至於對我個人有什麼意義我沒有想很多。但若是有意義，是累積來的，包括我剛才講的，在我 19 歲就有打算未來寫一部大的長篇史詩，敘事史詩，幾十年來這個想法都沒有煙消雲滅，這種在心裡的苗竟然發起來，沒有枯萎去。這是對我個人的意義。

待續之文字修行

楊：您接下來，是否有任何長篇的小說計畫呢？是否會再以宗教資源做為小說主題呢？

林：下一冊長篇小說會寫《菩提相思經》的後續，在後記〈無算品〉裡有提到《菩提相思經》手稿會被燒掉，也會寫到 1989 年鄭南榕引火自焚，引發萬佛上街頭，這都是事實喔；而其中釋一愁的師弟悟玄，後來改名為宗賢法師，後續還有情節在。所以《胭脂淚》系列應該還會有第三部，至於書名，就在《菩提相思經》的最後一句話，「人間渡」。《人間渡》會是第三部，第 19 品、第 20 品都陸陸續續出現這個名稱了，包括他師父說我的弟子都要在人間有菩薩行，渡世救世的意思，像 526 頁第 9 行也出現一個「人間渡」，別的地方還有，雖然完整的句子不一樣，但都有各自的用意。

楊：您已經開始動筆了嗎？

林：還沒，還要等我有空和整個計畫成熟時才寫。其實我還有兩篇長篇的計畫，一本寫了三萬字停下來，這一本是《水牛厝傳》，現在只剩手寫稿留著；另有一本《苦戀島》，寫了一萬五千字就停了，「苦戀島」就講臺灣，寫男主角的一段苦戀，同時主角很愛臺灣，但愛臺灣很苦，這些都是二十多年前留下的稿子，以後希望能完成。而《人間渡》的寫法又會與前兩部不同，但都是臺語文。

你看，釋一愁師父不是留一張批嗎？預言了末世的情形，釋迦牟尼曾留給他的徒弟末世預言，耶穌也有留下預言。《菩提相思經》內的空茫師父也曾對釋一愁預言，在528頁「若度紅塵，亦當勤修善行，壇埃是身，無塵是心，念念相續，無有窮斷。」這是一種哲學觀念，我們身在紅塵，但內心是清淨的，就是一直要修行，後面就開始預言囉：末法之世，人間道中，將有敗法奸僧，星點微黯號華雲，思惟不淨稱大覺，非蓮托生妄居佛，渺塔斂財誑拄天……

楊：請問這裡的用詞是否影射了臺灣佛教界知名法師？

林：嗯，你如果要把它解釋做影射，應該是四個人。當然也不一定指他們，你也可以解釋說，字句講的是末法現象的幾種情況，凡是符合情況的都是。有些人修練不到家或沒閱讀多少，卻假稱大師，騙名聲，講排場，依附獨裁者，不救世又站在壓迫者的立場，星雲或惟覺，他們很像這樣子，這都很違反釋迦牟尼的教訓。釋迦牟尼說要站在被壓迫者立場，與受害者同苦，要救世，不要浮華。他們很明顯違反了，這是思維不淨還以為自己是大覺。

楊：另外兩個人呢？

林：後兩句講的也是現象，但也像影射。這你知道是誰人嗎？非蓮托生，蓮生活佛你聽過嗎？很多地方都可以看到的名字，當然不一定光指盧勝彥啦，不過他自稱「蓮生活佛」，所以符合預言有這樣的人。盧勝彥自稱蓮生活佛，妄稱佛，這是來自西藏密宗，西藏密宗不算正統佛教，小乘算是比較正統，佛之後的一兩百年間流行小乘，過五百年才流行大乘，大乘向北傳，小乘向南傳。

「渺塔斂財誑拄天」，藉這什麼虛渺的小塔來積斂錢財，又自稱妙法妙用與天齊，你有聽過妙天嗎？當然不必純粹指他，但是就是這種行為，自誇等等。

楊：這一段是老師自己創寫的話吧？

林：對啊，是我自己想的。是空茫上人的預言啦，其實這空茫上人的角色設計是來自《紅樓夢》啊。

楊：有，在讀《胭脂淚》架構時，特別能聯想到《紅樓夢》。

林：《紅樓夢》裡面有兩個道人，空空道人和茫茫和尚，《胭脂淚》與《紅樓夢》的結構有一點類似，《紅樓夢》用一種「神話結構」的情節，《胭脂淚》本身也有那個，《菩提相思經》也有。但我們現代人不能再像荷馬他們，寫史詩說人直接到地獄去，咱現在寫現代的，要用比較合理的方式。《胭脂淚》是前往古代，看到前世因緣，《菩提相思經》是去地獄，目的是要寫鹿窟被剿滅的現場，所以讀《菩提相思經》要從鹿窟開始，主角是從那裡開始逃亡的。

文學之美與思想之美

楊：綜合您的作品來看，早期短篇小說較重視社會批判與諷刺，到長篇《胭脂淚》與《菩提相思經》詮釋臺灣苦難與人物情感時，我反而讀到大量語言藝術與溫厚溫潤的情感貫串，您對於這種藝術手法轉變有什麼樣的想法呢？

林：你是看《不該遺忘的故事》嗎？那本書大概 250 頁左右，很薄，裡面都是短篇，那本小說集的語言就很樸素。《大統領千秋》很多諷刺、批判統治者，而你說後來的小說語言變溫潤，這是因為文學作品要配合它的思想、時代，角色的形象，像亞里斯多德說的高模仿跟低模仿，特別是高模仿的，作者更需要配合角色、場景寫出特色。而文學之美有語言之美，詞藻和思想之美，這都是亞里斯多德說的。思想之美是表現哲學，但也要透過好的、美的語言傳達出來，這些文學之美，一個是外在之美、一個是內在之美，信仰文學的話，語言藝術當然也要追求。

楊：您的路線似乎跟李喬相反過來，他是近期的小說語言比較樸素。

林：李喬純粹是小說家，我的詩人成分比小說家成分多。你會論他的《情天無恨》嗎？

楊：應該會提到，但最主要是討論近期長篇小說《咒之環》。

林：但他比較歷史性的小說，語言上就沒《情天無恨》好，像他的《埋冤．一九四七埋冤》，對啦，這本小說的男主角「林志天」就是鍾逸人，在《菩提相思經》中有寫到這個人，二二八時的二七部隊隊長，現在還活著。伊嘛是我們《臺灣新文化》的同仁，在小說中寫到「施學真」在臺北受訓，遇到鍾逸人，「施學真」換成真實人名的話就是施儒珍，查埔的，他的小弟是「施學章」，現實上叫做施儒昌。他們以前住所的牆壁，給施儒珍藏匿的牆壁，現在都搬到以前的臺灣教育會館（原美國新聞處），今二二八國家紀念館裡面供人參觀。

後記

訪談約進行三個多小時，熱情的林央敏老師因擔心我交通不便，特地載我前去內壢火車站，一路上，他開心地述說已累積靈感，接下來打算寫些與基督教、回教有關的短篇。雖然自己也催請老師儘早完成大作，卻更相信在作家心上隨時播下的苗，都如同他 19 歲就企圖寫史詩的想望那樣，絕對會萌芽、茁壯與完成。至於他接下來準備寫怎樣的作品呢？為了保持其待出世的小說之神祕感，就容我不另做逐字稿了……

附錄二

移居和社會參與——林央敏地方活動大事紀

西元年	年齡	生命與活動紀錄
1955 年	0 歲	• 12 月 19 日出生於嘉義太保水牛厝佃農之家。
1961 年	6 歲	• 入南新國小附設幼稚園。
1962 年	7 歲	• 進南新國小。
1968 年	13 歲	• 就讀太保國中南新分部。
1970 年	15 歲	• 所讀之太保國中南新分部獨立成為嘉新國中。
1971 年	16 歲	• 8 月曾到臺北當學徒十多天；後考上嘉義高工機工科。
1972 年	17 歲	• 因興趣不合休學。首次發表新詩所用筆名為「一愁生」[1]。 • 轉考入省立嘉義師專。
1975 年	20 歲	• 參加中壢忠愛莊的歲寒三友會。

1　一愁之名，可見於作者《菩提相思經》主角遁入佛門所用之名。

西元年	年齡	生命與活動紀錄
1977 年	22 歲	• 自嘉義師專畢業；10 月第二次上成功嶺，為預官第 27 期。 • 是年發生中壢事件。
1978 年	23 歲	• 中壢服兵役，任預官。10 月帶印尼華僑慶祝國慶活動，得知海外中國人在東南亞受盡政治壓迫，體會失根者的悲哀。
1979 年	24 歲	• 退伍，住大溪美華（俗名尾寮），任教美華國小。 • 9 月插班就讀輔大夜間部中文系二年級。 • 12 月調桃園縣龜山鄉壽山國小任教，並移居龜山鄉。
1982 年	27 歲	• 戶籍遷至桃園龜山。 • 曾到龍潭拜訪鍾肇政。
1983 年	28 歲	• 輔大畢業。
1984 年	29 歲	• 結婚。 • 出版第一本詩集《睡地圖的人》。 • 5 月，與林錫嘉、林文義、林煥彰、蘇偉貞、陳幸蕙、小民等 24 人訪問金門縣政府與戰地官兵。回臺後，發表〈看到歷史看到夢〉。 • 曾受調查局安插在教育局的教師思想警察人二室單位約談。
1985 年	30 歲	• 調赴桃園建國國小任教啟智班。直到 2003 年 2 月退休為止。
1986 年	31 歲	• 參加由林雙不、宋澤萊、林文欽、王世勛、李喬、老包（詹錫奎）、高天生等幾位朋友先成立的《臺灣新文化》。

西元年	年齡	生命與活動紀錄
1987 年	32 歲	• 加入臺灣新文化雜誌社。 • 臺語詩〈嘸通嫌臺灣〉獲「新時代心聲」歌詞創作獎首獎。 • 12 月應其母校輔仁大學草原文學社之邀與「統派」人士辯論兼演講「臺灣意識與中國意識」，但演講前一刻鐘輔大訓導處接獲情治單位指示，禁止他上臺發言。
1990 年	35 歲	• 被選為社會運動的政治性民間社團「臺灣山河社」的首任社長。
1991 年	36 歲	• 和文友創立「蕃薯詩社」，出版《蕃薯詩刊》。
1992 年	37 歲	• 擔任臺灣教師聯盟第一屆執行委員，負責桃園縣業務。
1995 年	40 歲	• 臺語文推展協會在臺北市成立，擔任首任會長。
1996 年	41 歲	• 任建國黨桃竹苗辦公處主任。
1999 年	44 歲	• 赴夏威夷出席第五屆臺語文化營，演說「臺灣文學的反抗精神」。
2000 年	45 歲	• 曾前往臺南市東寧路尾後甲（埔），訪友與暫時停留。（之前也曾數度行車路過。記憶中似乎 1975 年或 1977 年曾被朋友帶到後甲埔或附近小遊。）
2002 年	47 歲	• 出版同為嘉義出身的名人傳記《寶島歌王葉啟田人生實錄》，與敘寫嘉義地方史的《胭脂淚》。
2004 年	49 歲	• 成立並負責「火金姑臺語文學出版基金」（主要為崔根源先生的贊助）。

西元年	年齡	生命與活動紀錄
2005年	50歲	• 6月任臺灣筆會理事。 • 12月與文友合辦《臺文戰線》文學雜誌創刊。
2009年	54歲	• 初春從桃園縣龜山遷居桃園縣中壢之內壢。
2011年	56歲	• 出版《菩提相思經》。
2017年	62歲	• 到新竹尖石鄉一遊。11月出版《家鄉即景詩》。
2018年	63歲	• 出版譜寫家鄉人文的《收藏一撮牛尾毛》。 • 暮春，於新竹尖石鄉山中的水田部落開始嘗試一人短暫隱居山林的生活，次數與停留時間漸多漸長。
2019年	64歲	• 春夏之交，開始比較長的時間隱居在尖石，並於新竹尖石鄉與內壢完成《桃園文學的前世今生》。
2020年	65歲	• 算是「定居」尖石，過著農居生活。出版《走在諸羅文學河畔》，並負責主編《桃園文學百年選》，為入選作品一一撰寫賞析。
2021年	66歲	• 出版《桃園文學百年選》。

全書參考文獻

1、林央敏著作

林央敏，《第一封信》（臺北：禮記，1985 年 2 版）。
——，《不該遺忘的故事》（臺北：希代，1986）。
——，《霧夜的燈塔》（臺中：晨星，1986）。
——，《大統領千秋》（臺北：前衛，1988）。
——，《臺灣人的蓮花再生》（臺北：前衛，1988）。
——，《臺灣民族的出路》（高雄：南冠，1988）。
——，《駛向臺灣的航路》（臺北：前衛，1995）。
——，《臺語文學運動史論》（臺北：前衛，1996）。
——，《臺語文化釘根書》（臺北：前衛，1997）。
——，《語言文化與民族國家》（臺北：前衛，1998）。
——，《胭脂淚》（臺南：真平企業，2002）。
——，《陰陽世間》（臺南：開朗雜誌，2004）。
——，《蔣總統萬歲了》（臺北：草根，2005）。
——，《希望的世紀》（臺北：前衛，2005）。
——，《斷悲腸》（臺南：開朗雜誌，2009）。
——，《菩提相思經》（臺北：草根，2011）。
——，《臺語小說史及作品總評》（新北市：INK 印刻文學，2012）。

——，《家鄉即景詩》（臺北：草根，2017）。
——，《收藏一撮牛尾毛》（臺北：九歌，2018）。
——，〈無上瑜珈劫〉，《鹽分地帶文學》74 期（2018.5），頁 129-148。
——，《桃園文學的前世今生》（臺北：草根，2019）。
——，《走在諸羅河畔》（嘉義：嘉義市政府文化局，2020）。

2、陳燁著作

陳燁，《泥河》（臺北：自立晚報，1989）。
——，《半臉女兒》（臺北：平安文化，2001）。
——，《姑娘小夜夜》（臺北：麥田，2006）。
——，《有影》（臺北：遠景，2007）。
——，《玫瑰船長》（臺北：遠景，2007）。
——，《鎏金風華》（臺北：釀出版，2011）。

3、專書

王岳川，《後殖民主義與新歷史主義文論》（山東：山東教育，1999）。
王珉，《田立克》（臺北：生智，2000）。
吳根友釋譯，《那先比丘經》（臺北：佛光，1997）。
李筱峰，《唐山過臺灣：228 事件前後中國知識份子的見證》（臺北：日創社，2006）。

李靜玫，《《臺灣文化》、《臺灣新文化》、《新文化》雜誌研究（1986.6～1990.12）：以新文化運動及臺語、政治文學論述為探討主軸》（臺北：國立編譯館，2008）。

花逸文，《國共內戰中的臺灣兵——臺籍國軍回憶錄》（臺北：巴比倫，1991）。

林媽利，《我們流著不同的血液》（臺北：前衛，2010）。

周慶華，《佛教與文學的系譜》（臺北：里仁，1999）。

孫大川主編，《臺灣原住民漢語文學論集（評論卷）》（臺北：INK 印刻文學，2003）。

孫亦平主編，《西方宗教學名著提要》（南昌：江西人民出版社，2003）。

屠友祥，《修辭的展開和意識型態的實現》（臺中：明目，2001）。

張炎憲、陳鳳華，《寒村的哭泣：鹿窟事件》（新北：新北市政府文化局，2000）。

張淑香，《抒情傳統的省思與探索》（臺北：大安，1992）。

陳金海，《史詩世界：英雄的征途》（臺中：莎士比亞文化，2009.2）。

陳俐甫，《禁忌．原罪．悲劇——新生代看二二八事件》（臺北：稻鄉，1990）。

陳樹林，《危機與拯救——蒂莉希文化神學導論》（北京：人民，2004）。

盛寧，《新歷史主義》（臺北，揚智，1995）。

董芳苑，《宗教學暨神話學入門》（臺北：前衛，2012）。

溫科學，《當代西方修辭學理論導讀》（臺北：書林，2010）。

楊雅儒，《人之初‧國之史：21世紀臺灣小說的宗教修辭與終極關懷》（臺北：翰蘆，2016.07）。

葉頌壽：《存在主義與心理分析》（臺北：大江，1970）。

廖咸浩，《紅樓夢的補天之恨：國族寓言與遺民情懷》（臺北：聯經，2017）。

鄭克魯主編，《外國文學史上》（北京：高等教育，2004）。

鄭政誠主編，《移轉與質化：桃園閩南文化論集》（桃園：桃園市政府文化局，2020）。

劉再復、林崗，《罪與文學》（香港：牛津大學，2002）。

劉亮雅等作，《想像的壯遊——十場臺灣當代小說的心靈饗宴2》（臺南：國立臺灣文學館，2007）。

劉還月、陳柔森、李易蓉著，《我是不是平埔人DIY》（臺北：原民文化，2001）。

蕭阿勤，《重構臺灣：當代民族主義的文化政治》（臺北：聯經，2012）。

4、外文著作

Kenneth Burke, "The Rhetoric of Religion," University of California Press, Berkley and Angeles, 1970.

5、翻譯著作

亞里斯多德（Aristotélēs）著，羅念生譯，《修辭學》（上海：上海人民，2005）。

班納迪克．安德森（Benedict Anderson）著，吳叡人譯，《想像的共同體：民族主義的起源與散佈》（臺北：時報，2010）。

愛德華．塞爾（Edward Cell）著，衣俊卿譯，《宗教與當代西方文化》（臺北：桂冠，1995）。

馮亞琳、〔德〕埃爾（Erll, A.）主編，余傳玲等譯，《文化記憶理論讀本》（北京：北京大學，2012）。

卡斯威爾（Tim Cresswell）著，徐苔玲、王志弘譯，《地方：記憶、想像與認同》（臺北：群學，2006）。

段義孚著（Tuan, Yi-Fu），王志標譯，《空間與地方》（北京：中國人民大學，2017）。

保羅．田立克（Paul Tillich）著，成顯聰譯，《存在的勇氣》（臺北：遠流，1990）。

6、單篇、期刊論文

呂昱，〈林央敏與陳漢秋糾纏二十年的「俱生緣」——試析林央敏的《無上瑜珈劫》〉，《鹽分地帶文學》74期（2018.5），頁 149-155。

李衍良、黃佳琪，〈訪林央敏〉，《臺灣新文學 8 本省籍第四代新作家長篇小說專輯 下篇》（1997 夏季號），頁 31-46。

宋澤萊，〈論林央敏文學的重要性——繼黃石輝、葉榮鐘之後又一深化臺灣文學的旗手〉，《臺灣新文學》第 8 期（1997.8），頁 213-232。

林淑理，〈天主教與佛教懺悔思想與實踐之比較初探〉，《新世紀宗教研究》第 12 卷第 3 期（2014.3），頁 75-102。

施懿琳，〈花落春猶在——懷念陳燁〉，《文訊》316 期（2012.2），頁 53-55。

胡民祥，〈初探《胭脂淚》及《神曲》的民族國家夢〉，《臺文戰線》第 2 號（2006.4），頁 50-74。

張雪媃，〈讀陳燁的臺灣家族演義〉，《文訊》311 期（2011.9），頁 38-42。

莫渝，〈頭枕地籍 心懷泥土——我讀林央敏詩集《睡地圖的人》〉，《文訊》第 16 期（1985.2），頁 100-102。

莊靜如，〈我不醜但可悲的是我很怪　「半臉女兒」——

陳燁專訪〉，《健康世界》第 314 期（2002.2），頁 43-48。

許俊雅，〈建構與新變／敞開與遮蔽——臺灣區域文學史的意義與省思〉，《臺灣文學研究學報》第 18 期（2014.4），頁 9-40。

許素蘭，〈公無渡河，公竟渡河——與陳燁談《泥河三部曲》〉，《文學與心靈對話》（臺南：臺南市立文化中心，1995），頁 148-155。

梁瓊芳，〈愛情 kap 語言 ê 變奏曲——論林央敏《胭脂淚》ê 意象美學〉，《海翁臺語文學》第 63 期（2007.3），頁 4-28。

葉笛，〈臺灣第一部史詩《胭脂淚》〉，《海翁臺語文學》第 56 期（2006.8），頁 6-27。

楊雅儒，〈臺灣荷馬——林央敏訪談錄〉，《臺文戰線》第 28 號（2012.10），頁 55-95。

———，〈「臺灣文化民族主義」的文學實踐——論林央敏小說藝術與終極關懷〉，《鹽分地帶文學》雙月刊第 54 期（2014.10），頁 208-227。

劉亮雅，〈九〇年代女性創傷記憶小說中的重新記憶政治：以陳燁《泥河》、李昂《迷園》與朱天心〈古都〉為例〉，《中外文學》第 31 卷第 6 期（2002.11），頁 133-157。

7、學位論文

王明月，〈林央敏鄉土關懷之研究〉（臺南：臺南大學國語文學系碩士論文，2008）。

楊雅儒，〈身世認知與宗教修辭：新世紀臺灣小說的終極關懷〉（桃園：中央大學中文系博士論文，2013）。

8、工具書

任繼愈主編，《宗教辭典》（臺北：恩楷，2002）。

林元輝編註，《二二八事件臺灣本地新聞史料彙編》（臺北：二二八基金會，2009）。

趙一凡等主編，《西方文論關鍵詞》（北京：外語教學與研究出版社，2006）。

9、報刊與網路資料

「天主教會臺灣地區主教團」網站：http://www.catholic.org.tw/catholic/index.php

陳燁，〈尋父重生〉，《自由時報．自由副刊》，2011.5.30。

國家圖書館出版品預行編目 (CIP) 資料

蓮花再生的臺灣精神：林央敏的族群 . 地方 . 宗教書寫
/ 楊雅儒作 . -- 初版 . -- 臺北市 : 前衛出版社 , 2022.09
208 面 ; 15×21 公分
ISBN 978-626-7076-48-4（平裝）

1.CST: 臺灣小說　2.CST: 現代小說　3.CST: 文學評論

863.27　　111010393

蓮花再生的臺灣精神

林央敏的族群 · 地方 · 宗教書寫

作　　者　楊雅儒
責任編輯　番仔火
封面設計　沈佳德
美術編輯　宸遠彩藝

出版補助　火金姑台語文學基金
出 版 者　前衛出版社
　　　　　地址：104056 台北市中山區農安街153號4樓之3
　　　　　電話：02-25865708｜傳眞：02-25863758
　　　　　郵撥帳號：05625551
　　　　　購書 · 業務信箱：a4791@ms15.hinet.net
　　　　　投稿 · 代理信箱：avanguardbook@gmail.com
　　　　　官方網站：http://www.avanguard.com.tw
出版總監　林文欽
法律顧問　陽光百合律師事務所
總 經 銷　紅螞蟻圖書有限公司
　　　　　地址：114066 台北市內湖區舊宗路二段121巷19號
　　　　　電話：02-27953656｜傳眞：02-27954100

出版日期　2022年9月初版一刷
定　　價　新台幣300元
I S B N　9786267076484（紙本）
E-ISBN　9786267076538（PDF）
E-ISBN　9786267076521（EPUB）

* 請上『前衛出版社』臉書專頁按讚，獲得更多書籍、活動資訊
https://www.facebook.com/AVANGUARDTaiwan